路佳瑄

著

这一生 心中无事是最要紧的事

新 星 出 版 社 NEW STAR PRESS

图书在版编目（CIP）数据

这一生，心中无事是最要紧的事 / 路佳瑄著．—北京：新星出版社，2014.1

ISBN 978-7-5133-1373-5

Ⅰ．①这… Ⅱ．①路… Ⅲ．①中篇小说－中国－当代 Ⅳ．①I247.5

中国版本图书馆 CIP 数据核字（2013）第 290764 号

这一生 心中无事是最要紧的事

路佳瑄 著

策划编辑：东 洋
责任编辑：汪 欣
责任印制：韦 舰
装帧设计：@broussaille 私制

出版发行：新星出版社
出 版 人：谢 刚
社　　址：北京市西城区车公庄大街丙3号楼　100044
网　　址：www.newstarpress.com
电　　话：010-88310888
传　　真：010-65270499
法律顾问：北京市大成律师事务所

读者服务：010-88310811　service@newstarpress.com
邮购地址：北京市西城区车公庄大街丙 3 号楼　100044

印　　刷：三河市兴达印务有限公司
开　　本：910mm × 1230mm　1/32
印　　张：9
字　　数：119千字
版　　次：2014年1月第一版　2014年1月第一次印刷
书　　号：ISBN 978-7-5133-1373-5
定　　价：30.00元

这一本书

送给一个叫张洁的女子

若你流泪

我会知道

那只是片刻的疲惫

并不代表什么

因为你说过

成年人的眼泪

从来都不是恳求

自序

我只能以一年一本书的速度书写。自知不是有才华的人又没有那么多新奇的想法，文字写出来也好好坏坏，众说不一，有人喜欢有人谩骂，也有人跟我说太不主流不会红。我说没关系，我原本也不是有本事靠写字混饭吃的人，只是运气比别人好一些，有机会把一些琐碎的小情绪摊开在阳光下，与人分享。好坏又有何关系？仅是想用文字记录一些曾有的情绪与感知，待年老后回忆起来，嘴角挂上些满足的甜蜜，想来这些年，还是没有白白过去的，这便够了。

过往的几本书，几乎每一本都是送给一个女子的礼物。我想以后也会这样，总有很多美好的、让我感动的女子出现在我的生活里，如同神赐。这也是让我继续书写下去的另外一个理由。哪怕收到我的礼物的女子，仅露出一个幸福的微笑，我也会觉得，我的努力还有意义。

这一本书，送给一个叫张洁的女子。她生活在我出生的城市济南，我在表姐的婚礼上与她相识。她个子不高，又消瘦，脸小小的，高挺的鼻子有典型的回族女子特征。人多的时候，她常沉默，只是与我独处时，才说很多话。想来是因为很多场合、很多人，都不是她喜欢的类型，或许这是我的幸运吧。一年里，我有很少的几天待在济南，若不是有迫不得已的事情需要处理，大多数时间，都不会想到回家住上几天。张洁常在我回到济南的时候来我家，带一些我叫不上名字的护肤品给我，一些精致的小盒子里，裹着她的心。我记得有一次我们原本说好一起出行，我却因临时感冒发烧躺在床上起不来，发短信告诉她取消安排。不久她来看我。她说她母亲让她出门买酱油，抽空来看看我的病。我说还好。她递给我一只塑料袋，里面装了很多药。我看着她细细地拿出每一只药瓶，柔和地告诉我如何服用和药效等等。然后说，你没事就好，我要走了，买酱油的时间有点长，我妈在等。说完就离去。还有一次，提到我穿了六七年的羽绒服已无法御寒，而我却因很少逛街所以一直没有添置新的，她便询问我的尺寸。心里忐忑，认为一味地接受单方面的馈赠却不知如何报答，总是一种罪。她却说，我若幸福，那便好。

常有很多时间，我想起这个女子和她的故事，总想为她做些什么。但自知是能力浅薄之人，又懒散，即使情愿与人分享温暖和爱，却又羞于启齿。那日她问我，下一本书呢，你要送给谁？我回答，就送给你好不好。那一瞬间的感受，像永恒。它带不走。于是便为她，完成这本书。

2009年夏，我在西藏，生活简单。倘若不沿着西藏的几条旅行线路长途跋涉，就长久停留在拉萨。拉萨北京东路的主路和胡同里，分散着新旧大小不同的很多青年旅舍。我住八郎学，那里由于店龄长，各方面条件相对不那么好，人气较周边一些新兴起的旅舍差了很多，但却安静，少了兴奋旅者的喧哗与躁动，也无闲来无事搭讪的艳遇者。像这样的旅舍，费用一般都很便宜，30元一天。平日饿了便在街上的面店吃些面食，不太习惯藏餐。间或有热心的藏族阿妈邀我去家里做客，用彼此都听不太分明的话语交谈多时，少量吃藏族人家中的食物，是与旅客吃的藏餐不同的——味道更加浓重些。吞入腹中，就醉了。

旅行，都是从拉萨出发的。向南、向西或者向北，流连数日甚至十几日，再折返。走得远了，便觉得拉萨像家，心里时常惦念着回去。而清凉的风和幻想的热空气搅和在一起，吹向回家的路。这是座与成都极像的城市，走进去，便很容易落地开花，铺散开去。不必假装高尚，也无需为了谁。忽然发现，那些曾经处心积虑试图接近的人或物事，不过如同照射在脚踝上的光一般单纯。洗澡之后，一顿早饭。伴着夜雨，一顿晚餐。间或一些晚上，用情绪把自己灌醉。有人说，这里终究不是家，太游客，太欢城。可就这么生生地背着行李来了，满世界的微笑都是勇敢。走在直直的阳光下面，把阴仄纠结的心思晒成干燥又幽香的一段。安静而踏实，怎么就不是家呢？

白天，我坐在大昭寺门口看朝拜叩跪磕着长头的藏传佛教信徒和各种新奇的事物，一坐便是半日。这里除了当地的藏族人，还有部分是来自天涯海角的外乡人，旅行、朝拜、经商或者流浪。于是，空气变得嘈杂起来。交谈、嬉笑、低声的吟诵、沉静的叩拜、清亮的快门……种种，填充天地。我看着这个特殊的地方，觉得自己是他们中的一部分，又或者不是。那些忠实而温厚的僧侣和信徒们，自出生起，灵魂便被刻上了烙印，所以才如此虔诚，虔诚到眼角眉梢。我问，佛让众生微笑，是救赎。倘若佛让众生哭泣呢？他们说，那便是另一种救赎。总有人活着的时候步步退让，被生活紧逼。总有人以为爱太过沉重，不爱又无处可去。总有人犯下罪孽，不可救赎。于是，拜时间交错的神，对他言说，对他微笑，为他疾走，为他离开自己。我笑笑，并不反驳。如果救赎是一种力量，为何还有人生活得如此困顿？如果信仰是一种希望，为何还没有将众生解救？倘若已被解救，又何故还跪守寺门？

夜晚，我不愿意再想关于宗教与救赎的是非。坐在住所的门廊间，看随时飘来又离去的拉萨的雨。我一连看了几日落雨。记忆里，在我曾阅读过的很多书中，都描述过拉萨的雨。这让我一时间找不到什么词去形容。它钟情于黑的夜，如同不眠的人钟情于深夜不归的雨。它味道浓重，底子纯正，不矫揉造作，不虚伪客套。说来就来，雷霆万钧，说走就走，绝不拖泥带水。我曾听说，有人很爱它。因它来来去去，无谓也好，敬慕也罢，兀自不管。也有人很恨它，因它温柔绵长，令人即使双手掩面仍挡不住泪水，好似沉在海底岩石下的、细密的光。也有的从不爱到爱，又或者从爱到不爱。反反复复。浓烈，又或平淡。被没完没了争执的、活着的深意，就像那些开在雨里的花儿，看似日日不同的浓烈，又周而复始的平淡。它们只是开了，管你说什么。那几夜，我以为自己出现幻觉。时常听到雨在讲话：你看这世界，难免爱浮华，爱假装，爱谎言，爱虚空的一切。但是，某处地方，总是干净、安详。某些人，总似飞蛾挨近火光。如果你不懂，也没关系。

“朋友”这个词在西藏，很容易落地开花。三五个陌生人聚在一起，时常以讲故事的方式开始一段友谊。“你们要听我的故事吗？”有人说。“当时我……”这样的开场白会令在场的每一个人屏息凝气，而后猜想那些被营造出动人气氛的语句背后的人生。我总是盯着讲述者的面孔出神。感觉好像童话故事里被囚禁在瓶子里的灵魂，木塞突然被拔掉，灵魂扭扭曲曲地从瓶口飘忽而出。舞台的聚光灯“哗”地一声，全部打开。这种光，散落在讲述者的身上，让人觉得无所依却又天荒地老都要追逐。这是一个微妙的时刻。这里的每个人，都拥有属于自己的、独一无二的动人故事。那些歇斯底里、支离破碎、无动于衷却又扬言抵死都要缠绵的故事，被无休无止地当做延续谈话的尾巴。如同汹涌的海浪，迫不及待地与聆听者交手过招，分个你死我活。我想他们是忘记了，早就忘记了。无论是讲述者或者聆听者，所有找寻它、触摸它、失去它、践踏它的人背后，都拖着一个世界。一个让自己经历过喜悦过伤痛过执迷过的、零落的世界。离开的时候，带着坚定无比的信念，要去另一个世界里旅行。可那也仅是旅行罢了。很少有人能够不再兜兜转转地又走回自己拖着的世界里去。但倘若自己的那个世界，原本就云淡风轻天朗星稀，那又有何不好？兀自低头微笑吧。不如散去。不如散去。有些故事要自己用寂寞收藏。有些故事讲了很多遍也还是讲不清楚。

在这些讲述者里，有极少的几个人，徒步、骑单车、火车或者飞机，来到拉萨。来了便再也没有离去。或做起小旅社的营生，或是去尼泊尔进些便宜又好看的衣物饰品，租一个巴掌大的门面，正经做起了小商贩。更多一部分人则操起出租车司机、小饭馆老板等真正落地生根的行当。这些千里迢迢来的人，生活对他们来说，仅是单纯地生出来，活下去。没有故事中的城堡、惊险、勇士和怯懦者，也更不会为了爱与恶魔战斗。很多时候，我看着他们，眼里、嘴角都是微笑。我知道，这微笑，不容易。即使耳中不再充斥莺燕歌舞，拉萨，也一样不是桃源。虽然再不必经历千山万水，才能找到被看透的风景，但终究，终究将一切交付给了微笑与沉默。忘了闹市春城，一心恬淡安静。倘若再能与时间相拥入眠，就更好了。

离开拉萨，便是漫长而艰苦的旅行。冲进眼中的，并非传说中的瑰丽，而是掩都掩不去的情。或欷歔赞叹或凝思寡语。偶尔听到有人忘却这些低声聊天，彼时谈论着即将消失的城市。在没有尽头的路上，成了最妥帖的温度。时常举着相机多时，直到手臂酸痛。拍冰雪、草地、天空、树影、花，拍……自己。却总在某个呼之欲出的时刻，忘记按下快门。对于画面感的隐喻，总有人想得太多。倒不如，经历过就够，记便记得，忘就忘却。翻看拍好的相片，有很多唤不出名字的花。或许是在心里，总是千方百计想要将如此的夏天藏好，待到冬日，便能欢欣取出，摆在多雪的窗口。

在这些旅行里，除了旅行者本身，大段大段的，都寻不见人。偶尔能听到那穿透云层的、藏族人的歌声。哼哼唱唱，不记得了，便爽朗地笑。还有那些蓬头垢面的藏族孩童，总是用锋利的眼神直勾勾地看着你，同时伸出并不干净的小手。在西藏，乞讨似乎变成了职业，男女老幼不分年龄或是否身残，均可。我曾仔细观察过，当遇到乞人时，藏族人多是给钱的。厌恶的躲开的，仅是游客而已。

于是，我想将我在西藏的点滴书写，连同我的感知一起，送给张洁。至于这本书的名字，是我在西藏便死心塌地认定了的。我想就叫《这一生 心中无事是最要紧的事》，这是我想要的。

我去布达拉宫的时候，看到那里的六个坛城。三个纯金制造，三个内铜外金，都镶嵌了无价的宝石。而生意人出售的唐卡中，也有很多坛城的图案。询问其中含义，藏族人用不太标准的汉语笼统地告诉我：天堂。关于坛城，我查了一些资料，是有如下解释的。又称为“中围”、“坛场”，是梵文Mandala的意译，音译为“曼陀罗”、“曼荼罗”或“曼达拉”。古印度时代，坛城是指国家的领土与奉神的祭坛。在藏传佛教中，坛城的意思是“撷取精华”。若依“外、内”分析其内涵，则有：坛城的外在意义，是指诸佛菩萨本尊的安住净土宫殿；内在意义，是众生心的清净相；净土宫殿正中央的本尊，就是众生本来清净的佛性。所以坛城不仅象征本尊的智慧和威德，同时也是一种显示宇宙真理的图绘，一种“无限的大宇宙”和“内在的小宇宙”相济的微妙空间。在藏传佛教常作为观想修行之凭借。

坛城。在北半球大部分地方都已经炎热的时候，这里的夏季才慢慢地来。大把的阳光，把空气照得五颜六色。开很久的窗，探出头、手，风是凉的，阳光却滚烫。

空气里，有蒲公英的味道。

站在路边挥手，会有好心的藏族司机停车载你。微笑上车，不说感谢。

一再地去雪山。一再地去冒险。一再交付。不记得活过的时间里，究竟转过多少次雪山，究竟在哪个时间、哪样的雪山最美。只知道，在某个角落，总有走不通的路。我走了，还走了很远。

暮色中。夕阳到哪里都一样的美。

耳边有踩在木板上吱吱的声音。水鸟惊起，翅膀拍打着水面，发出孤傲的叫声。

道路上，树渐渐隐在昏黄的颜色里，带着远未散去的留恋，被缅怀。

安静的人家，透过窗口溢出的灯光，寂静祥和。

这一切，便是坛城。

我说热爱。不用别的。以我的泪水。

还需要我的表白么？

如果你能抵挡，那么我对你敬重有加。

2009年夏，我在西藏。拜时间交错的神。

路佳瑄 于北京

目录

顾北说

我们是两片用来遮羞的无花果叶

古早味

她在小本子上飞快地写着。我手中的这瓶香水，是她托父亲早年的朋友千方百计在台湾寻到的。最初生产出来的时候，带着一九四几年的古早味，后来又经过九十年代加工改造，变成现在的味道。那是一只简单得有些穷酸的玻璃小瓶，大约有30毫升的容量，瓶口用木塞堵住，瓶内的液体亦是看不出悲喜的透明色。她从我手中拿过香水，拔掉木塞递给我，以便我能分辨得更真切些。

我本能地退后几步说，即使离得很远，我也能闻到这种味。很苦，阴霾，直白。透过鼻腔，直冲到后脑的某个位置。与平日里司空见惯的水味、汤味、草味、泥土味、棉布味都大大不同。

她写，这很贵，折成人民币要上千元。我买了三瓶，这瓶给你。还有一瓶是留给顾北的，但她不要。

倘若是香水，比起这种苦涩的味道，我更偏爱清淡的甜——虽然我对香水从来没有什么太大的兴趣。她并不介意我一向对她的热情持不温不火的态度。

热情就是，毫无目的、随性而来，淋漓尽致地释放。

屋

在胡同的很深很深处，木质的桌、椅、床、凳、柜。几只破陶器分散在各处，听说是古董，无从考证。黏有黑色油渍的旧式大衣物箱上，画了个黑处女。床顶的白麻帘帐被打结成个大疙瘩，泛着黄。开裂发霉的木地板，走上去，摇摇欲坠，咯吱咯吱地响。屋外，阳光很静。

玫瑰木。

玫瑰木床，玫瑰木桌，玫瑰木箱，玫瑰……木珠……

玫瑰经文。

究竟是什么。夹在书籍某一页中的干枯玫瑰，印度西南端喀拉拉邦雨后的种植园，上个世纪四十年代从黑色轿车里走出来的、优雅地扭着屁股的迪奥小姐……这些气味，究竟是什么。或许只是藏在她喉咙里的那个洞。从里向外涌出的这些气味制造着情绪，在这间屋里，在独好的阳光下，拔足狂奔。没有淡淡的玫瑰香，都是腐朽的药剂味道。

这样也好，我很快乐。她写，那些被抛弃被寻找的、被放逐被紧锁的、被粉碎被黏合的一切，或许有着鲜为人知的欢愉也未可知。虽然这一切，我都无法在当时发生的那一秒钟就看清楚。但是，在过了很多很多秒之后，终究会明白。就算觉得可惜，也不会疼。

能不能把房间里的灯全部打开？我想要看到很大很大的，光。她写。

如果沉溺在宗教里，能够得到安宁和自由，我愿意廉价卖掉我的灵魂，反正卖给天使或者魔鬼都一样。她曾经说过这样的话。现在她得到了她想要的。永远的，安静。

她的父亲

他死了，把自由留给了我。幸运吧，他在还没把我打死之前，自己先死了。死在黎明里，身边没什么人陪着，顾北也不去看他。她说。如此脱口而出的时候，她清醒地意识到，是非窘困，遍体鳞伤，无处藏身，过去所经历的一切，不过是世间的一场游历。而她却自始至终都如同局外人一般，独自躲藏在巨大的白色纱帐之后，冷静地注视着一切，神色木然。惨淡如人脸的月光在地上投射出一条单薄的影，她看见流着血的自己，蓬头垢面地趴在地板上，了无声息。

薛嘉庆。嘉庆，嘉庆！那个婊子，是你把她赶走的，是么？不然为什么我再也找不到她了？你说她逃跑了？自己跑了？拿着我的钱！！这不可能！她那个肮脏的阴道里还涌动着我的精液，还没干呢。你说她就跑了？！你以为赶走她，你就可以占有我了么？去你妈的！跟你那个死了的妈一样贱。他说。

母亲不贱，就是贱，也是你选来的。让她生下我的，也是你。更何况，你说“那个婊子”，既然是个婊子，你自己都说是个婊子，又何必让她睡在母亲的床上，还为了她的离去而歇斯底里。嘉庆的声音不大，但并没有选择沉默。

那个被她称作父亲的男人，向她扑过来，揪住她的头发，拖死狗一般往地上拖。她本能地用手死死抠住桌角，有尖锐的木刺扎进指甲。他用力拉扯着，连同桌子一起移动。碗碟跌落，掉在地上摔得粉碎。她被他拖着，身体碾过那些玻璃、陶瓷碎片，并任由它们切割着惨白的肉身。那一刻她便觉得，这辈子，她与那些冰冷瓷器的关系一定是你中有我、我中有你的。若不是，为何她日后都偏爱着那些带有浅淡纹理的瓷器？想来是她的肉骨早已将它们至深埋葬。

渐渐地，疼痛让她无法抵抗，她像一只人形刺猬，匍匐在地板上，慢慢蠕动、蜷缩。血，流得阔气，随着她身体的摆动而扩散，盛开成一朵巨大的、暗红色的花。他用不知从哪里找来的棉绳，捆住她的手脚，重重地一脚踢开。她在地上打了几个滚，她滚动的时候，那些碎片就插进皮肉更深的地方，它们或许就是从那个时候起，寄生在她的身体里的，好像诅咒。血汩汩溢出，洗涤皮肉和衣衫。后来，他用剪刀剪她的头发，有尖锐的、金属摩擦发出的声音。她开始歇斯底里地撕扯叫喊，没有人听得到，叫多大声都没用，那声音就像旋即便淹没在了坟里似的。她的喉咙也出血了，浓稠的血腥味自下而上涌出，直抵舌尖，和着唾液，呛得她剧烈地咳喷出血水来。血水四散开去，裂成血珠飞上空中，又落下来，点点似梅。但奇怪的是，那一瞬间，她并不觉得痛苦。这一切都来得太快，如梦境。

后来，他撕碎她的衣服。他会压在我身上，把他肮脏的生殖器送入我的身体吧。这种事情，他做得出。她想。她的意识慢慢清晰起来，不知道这个时候，顾北在哪里。他并没像她想象的那样，而是将她的双腿分开，露出大腿内侧与尚还稚嫩的、发育中的女子玲珑的阴户。然后用从裤子上抽出来的腰带，狠狠地鞭笞下去。狠狠地。脱掉衣服，便能打得更疼一些。她的两腿之间，逐渐辨识不清皮肉的颜色。血肉叠加，一行行滚烫粘稠的液体流下来。她勉强抬了一下眼皮，向外望去。窗外有蓝色的天，很美。夏了。

他停止殴打的时候，她已经奄奄一息，伏在地上。缓慢挪动青肿的胳臂，看见腋下新长出来的细小柔软的，绒毛。她就痴痴地，又笑了。

她听见他打了一通电话，很得意地说，我把你妹妹打了一顿，她现在快死了。

顾北便赶来。到了只问，他有没有强奸你？她说，没有。顾北就很放心。摸摸她的额头，又轻轻地亲吻她。

她晕睡过去。在顾北怀里。她的智商跟她的胸部一样，发育不良。

那年她十五岁。

她

早年尖着嗓子杀猪一样地嚎叫，而后喋喋不休。后来割掉了声带，不会说话，只是微笑。一切言语都用书写来完成。她以为只要还活着就是幸运的，要说的早已经说过了，连遗言都可以省了。

她叫薛嘉庆。

顾北说　我们是两片用来遮羞的无花果叶

她走在街上，有人在她身后抽烟。她闻到了一小支香烟的味道。距离不是太远，就在她的身后——在她将喝空了的酸奶纸盒扔进街边的垃圾桶时，她闻到了一小支香烟的味道。她想如果那个抽烟的人紧走几步路跟上她，在她耳边轻轻地说话，她会尖叫而后头也不回地跑掉，但她不会回过头去看。她不看身后的事情。

她继续向前走，转过一条街，有小小的、死鱼的腥臭味。再转过一条街，有呕吐的馊味。她停住脚步，站定，而后想，倘若自己的身后时常有香烟、尸体或呕吐的气味，那一定不是身后有人尾随或呕吐，街上也没有尸体，那是她自己，自身散发出的气味。一定没有旁的什么人，只是自己——只有她自己，才能够嗅出那些令她觉得羞耻的味道。

羞耻么。羞耻就是私。阴霾的，一个人的，不愿意多做解释的，与任何其他阳光下的一切无法融合在一起的，令人作呕又欲罢不能的，私。羞耻源自于身体。圣经上记载，亚当和夏娃交合之时，看见对方赤裸着的身体，并未曾觉得羞耻，只是用无花果的叶子，将自己的身体一层层包裹起来。那或者就是羞耻最初存在时的感觉。顾北想，因为对生命还有更美好的期盼，于是才会对其中的不完美感到无望而又羞耻。珍贵且微不足道。她这样想的时候，伸手摸一摸额角，那里有由于跌伤而留下的疤痕。她常常用母亲的脂粉在那伤痕之上轻轻涂抹。她的妹妹嘉庆从不问她怎么了。她与她一样，从很小的时候起，便懂得了羞耻的含义与美丽，那是一切弱者的言论与遮羞布。

可这世界，本就是属于强者的。在强者的眼中，所有一切被伤害与被侮辱的，都有着与生俱来、命中注定的理所应当。强者们言论、控制、诋毁、判定。因为无所谓耻，所以无所不为。弱者们沉默、顺从、低眉、接纳。在强者的世界里，弱者无处可藏，除了变成同谋者，与强者们鱼龙混杂在一起，一起言论、控制、诋毁、判定。无耻者勇。她想。

她和她的妹妹嘉庆，两个人时常面对面坐着，说一些无足轻重的话，然后各自思索与交谈无关的事情。有时候她们站在镜前，在镜子里看到对方的模样。

我爱你，嘉庆。你知道的，我只能这样爱你，一如既往在无人之时，陪伴你。我想不是命运把你从我的身边推开，而是我，亲手推开了你。即使命运反复重来，我依然是我，你也还是你。即使我们彼此深爱着对方，也背离不了我们自身。我只能，这样爱你，默默地、痛苦地……因为，你有属于你的味道，而我有我的刺。顾北说。

嘉庆，要记住，慎言知耻。顾北说。

她想她是知道的，真实令她们羞耻。她和她的妹妹，是两片用来遮羞的无花果叶。

没有眼睛的花朵

嘉庆喜欢冬日里，弥散在房间玻璃上的火锅热气。冷的时候，期待有人提醒她，好好保暖，好好地过。以为这样充满平静安暖的芬芳，就是幸福的影像。可这座极小的城里，终究还是吹起了热的风，一直热到午夜。城市小自有小的好处，每日无需花大把的时间在路上。闲散地走，便可从一端抵达另一端。这究竟是怎样的距离？我们在寻找某处地方时，常以树与树之间的尺寸来衡量，走过多少棵树的距离，便到了。大抵如此。这里的树，相互挨着却又截然不同。闭上眼睛呼吸，有矢车菊的味道——她最喜爱的花。这味道，是从她停留在我身边的那一刻起，就捕捉到了——城的味道——她的味道。

晚饭后，我们手挽手出门，走一段路。这是我与她相处的时间里，每天都要做的事情。她穿着我母亲穿旧了的刺绣锦缎拖鞋，有些金丝线已经脱落，但仍不掩艳丽。母亲原本是要丢弃的，她从母亲那里索了来，不正式外出的时候，便一直穿着。我着布衣，柔软、肥大的。她常常想念顾北并说起自由，我以为她早已拥有——用稳定、拒绝、逃离和所谓的背叛换来的最大的虚妄与磨难。但这并不是她的错。以血做酒，还要开怀畅饮，要怎样做，才能不着痕迹。何等的哀伤。

这里四季都是暖的，即使在冬日。我说。

她便笑。笑出了声。声线喑哑。

也许，再过一段时间，她的声音便会好起来。我时常这样想。

顾北与我同生，只比我大几分钟，却比我美好得多，发至腰间，像我一样消瘦，但更健康。自律，不爱笑也不爱说话，甚至不愿意面对任何人，除了我。父亲从不打她，想来是她比我要温顺很多。她说，我爱她。

顾北为什么从不来看你？我问。

她来，只是那些时候，你都不在。她说。

那次血流成河的匍匐，是嘉庆的父亲最后一次毒打她。那之后，她便失踪了。没有人知道她去了哪里，似乎也没人关心这些。除了我与顾北。

她跌跌撞撞来到我家门口，奋力敲敲门，便跌坐在地上。母亲打开门的时候，起初并没有看到门外有什么人在，以为只是顽皮孩童的恶作剧。低声咒骂正欲关门，裤脚却被一只手坚定地揪住。

忽然看到一个满身是血的小人儿，母亲先是吓得大叫一声，待意识到有可能发生的事情之后，迅速抱起人事不省的嘉庆，轻轻放在沙发上，尽量让她身上还刺有玻璃碎片的皮肤，不接触到任何物体，以免伤口变得更加深刻。我远远地躲在门口，看沙发上、地上，渐渐变成耀眼的红色，看那个如同死尸般一动不动的瘦小女子和她那一头纠缠着打着结的暗红色、参差不齐的短发，一时间，竟是喘不过气，大口大口地呼吸并流泪。此后很多年，当我感到痛苦难当的时候，都会有这种类似哮喘的反应。但我知道那毕竟不是哮喘，只是嘉庆留给我的气息和记忆——那是一种很深很深的寂寞，和对死亡的渴求。

嘉庆的出现让我知道，母亲在父亲收监之后，为了不让我活得太苦，曾有再婚的打算。而嘉庆的父亲，便是与我母亲交往过的数个男子之中的一个。嘉庆后来告诉我，与她的父亲有过性关系的女子中，她最爱我母亲。母亲在的时候，便会给她煮黏稠温热的粥，还时常买一些不太贵的棉麻布衣服给她，像我身上穿的这种，虽然样式简单，但穿上却很舒服。嘉庆很少与我母亲讲话，每当接受馈赠时，只是低低地说声“谢谢”，便逃回自己的房间。

可那句谢谢，是真心的。嘉庆说。

有些事情，连母亲也不知道，嘉庆只说与我听。她常在母亲离开后，悄悄尾随在后面，直到我家附近。看见母亲拽平我褶皱的衣角，轻轻擦我的脸，她就流泪。待母亲牵我的手回家后，她便久久坐在我家门口，只是坐着，又像在等待什么。

你的父亲，是好人。可能因为他太思念你母亲了，所以变得神志不清。母亲是这样告诉嘉庆自己离开那个家的理由的。但当我看到嘉庆时，便知道事情远非母亲脱口而出的那般轻描淡写。我记得有一日深夜，我被母亲大口大口的呕吐声吵醒。我走进卫生间，发现母亲跪在马桶旁，脸颊、额角、唇边、脖颈、手臂上，沾满已经凝固的血块。母亲看见我，蒙上我的眼睛说伤得不重，只是路上不小心被飞驰的机车撞倒而致，已经没事了。现在嘉庆这样的伤，与当初的母亲无异，只是比母亲伤得更重，我又怎能不知发生了什么？

他是好人……做坏人是需要智慧和胆色的。这些，他都缺少一点，至少他还没把我打死。嘉庆呢喃。

那之后，嘉庆便在我家住了下来。有邻居问起的时候，母亲便说是收养了乡下亲戚家的孩子，给嘉庆修剪好头发，改了姓名。与母亲同姓，与我同姓。姓方，名凝舒。我叫方凝安。没有外人在的时候，我们依旧叫她嘉庆，这是属于她的名字，任何人都无法夺走。

我很好

每个城市的角落，都零星分布着一些日久弥新的二手小店。我住的小城里，也有。旧物的种类通常很多——这样的店是不会单一经营某一类物品的，除非已颇具规模和名气。那些旧物，在我看来，每一件，都是世间绝无仅有的宝。即便是一模一样的两件物品，给人的视觉和触感也完全不同。或许是浸满了之前主人的气息，又停留，封存了不同的记忆与能量吧。

旧款四方形黑匣子式的收音机，转动旋钮，还有沙沙的声音，老态龙钟。咖啡色皮质、棉布里子的小背包，由于时间久远，皮面上已经泛出一层黑色的光。随手拿起蒙上了一层灰尘的黑胶唱片，轻柔擦拭——即便没有尘，岁月的痕迹也依旧清晰可见。四条桌腿的老榆木饭桌，靠近桌面轻嗅，茶饭的香气与主人家的温热还未散尽。掉了漆的木马等在阳光下，轻微触动，便吱嘎吱嘎地摇晃起来，这，就是自由。终究还是按捺不住心意，买下了红色涂漆并绘有牡丹花的立式衣柜。差了店主运送回家时，母亲盯着看了很久又抚摸，好似碰到年轻时的心事。还有那条长至脚面的、大花的裙，走起路来，连步子都隐在里面。

母亲说早年生育我的时候，父亲是期待能够得到一个儿子的，可偏偏不是，所以便任由母亲将我的名起得与父无关。父亲虽不暴烈，但也不疼惜我。每每我呼唤父亲，他只是草草地“嗯”一声，人便消失不见。印象里，我未曾见过父亲的笑容，他亦未曾将我抱入怀中亲昵。我曾在偷看父亲的日记时发现他写道：得一女子，与不得无异。这一生是非悲喜，便随她去了吧。

不记得在我几岁的时候，父亲便再也没有回来过。母亲独自带着我生活。年纪大一些之后才听说，父亲因为强奸，被收了监，一判便是很多年。那时候我不知道什么叫做强奸，只是隐约明白，父亲是做错了什么事情，被警察带走了。走了也罢，他终究也不爱恋母亲与我。只是他的离去，更苦了母亲。每日天没亮便起来做好包子，到街头卖。南方小城，并不寒冷，但多雨水。我时常看到母亲回家的时候，一双脚泡在浸湿的鞋里，寒气自脚心向上窜，直抵母亲苍白的嘴唇与蜡黄的脸。

“命”的意思是，是处境选择你而不是别的什么。想来我这一生的命，应该是痛的。痛也好，爱着便好。还可以做梦的吧。梦见爱惜我的父亲，梦见性爱与祈愿，梦见残花败柳，梦见音容垂落。

后来，我将父亲的日记本拿到二手店里去卖。五块，卖掉我父亲半生的故事。后半生，他再不需要故事，那深墙里制造的，都是回忆。我对老板说。

老板是有些苍老的北方男子。我看着他利索地打开放了钱的抽屉，拿出五块钱递给我，又从另外一个抽屉里，取一只崭新的透明塑料袋，将父亲的日记本放在里面，然后仔细地粘好封口，贴上不干胶的价签，写上50元，摆在一进店门口右侧最外面的货架上。阳光照在塑料袋上，反射金色的光。我笑笑，原来所谓心事，在最亲近的人的眼里心里，最不值钱。父亲的心事，终究还是摆在了日光之下，虽然这也许并非他所愿。

那位老板，或许会在打烊之后，轻轻打开父亲的日记本，慢慢阅读着一个陌生男子的前半生。我走出那家店，心里欢愉地猜测着。

下午两点，阳光做了掌灯人。它只是恰好点亮了街边黯然失色的路灯。而非《小王子》里那个茫然值守在329号小行星上的点灯人，日复一日。

下午两点，阳光做了掌灯人。也恰好熨平了心里的一些，褶皱。

疼痛一滴一滴地落

每到夜晚，嘉庆便少言谈。早早躺下，不与我说话。母亲担心她皮肉的伤痛，为她安置了柔软的床。待我关灯躺在床上时，她早已把头缩进被里。除了一个隆起的包，什么都看不见。我看着对面楼里的光，穿过细碎的树叶，粼粼地照进屋子，将晃动的影投在墙上。我很想呼唤嘉庆看这抚人心意的宁静，却终究没有那么做。我与她，没有过去共同分担的十几年，亦没有一同看横在面前的、前所未有的、无比巨大的人生以及渺茫的时间。而她，始终疏离。晨曦和人群，与她一直向往的冬日，这一切，都无法靠近她，只能孤单地连同昏黄的灯光一起，融进凌晨的橱窗里。

有些人，是注定孤独的，就像嘉庆。她始终绝望，又不愿意将事情在心里幻化成希望。倔强地偏执着，决心做磐石一般。人在受伤时是很容易缩小的，蜷缩在日光的口袋里，摒弃所有温暖，伸手便能够触摸到那光但无法汲取。时常被一些琐碎牵绊，心里细细地言语，只是不说与他人知，于是逐渐成就了靠近呢喃的温柔，逐渐麻木。麻木的结果是，感官迟钝，很多事情在当下无法感知，待回首时，却早已没了最初的疼痛，连揪心都不曾。

这没什么。嘉庆站在我从二手店里搬回来的檀木陈镜前，一边拼命地想看清楚自己的模样一边若无其事地对我说，有些事，想是想不到的，但躲，也躲不掉。这种东西，叫命中注定。好比我们看戏，不是期待的便能成为结局。若运气好看到了我们所想的，那是福气。执著地相信着某些奇迹终将发生，这其间所付出的大量精力和时间，足以将一个人改变。既然这样，还不如由了它去。是非对错，必有一方会认输。一退再退，成就的也仅是一个未知的后来。幸或者不幸……呵呵，谁知道呢。

说完这些，嘉庆已经用浅灰色的眉笔，将一双眉画成好看又细致的弯月。我的眉毛越来越少，不知道什么时候，就要全部掉光了，我怎么一点都没发现呢。她看着镜中的自己呢喃着，一只拿着眉笔的手，停在空中，那个时候，她便看到了时光。时光在她的身上迂回辗转，从一个点到另一个点，她知道自己的生命里只有那么两个点：从一个家到另一个家，从一场毒打到另一场毒打，从一份感情到另一份感情，从一种病到另一种病，从一个人到另一个人。虽表现形式有所不同，却无本质的区别。总归是要回到当初的地方，永劫不复。凋落或繁华，命该如此。老者们说。在日昧月晦风摇影落的恐惧和迁徙中，她记得，她一直记得这些话。后来她忽然冲进厕所，猫似的伏在马桶上，大口大口地呕吐，吐到眼泪和鼻涕一起往下流。我拼命拍打着她的后背，直到她蹲在那里虚脱地喘着粗气。

我第一次痛得呕吐，是在五岁的时候。我走到炉前，看燃烧的火炽热而美丽。那碳在火里，闪着红色的光。我想摸一摸那美丽，于是伸出手，指尖触到火焰，火辣辣的疼，指头也变成了黑色。我便哭泣，然后呕吐。母亲把我抱在怀里，轻轻流泪。我的手再次触碰到炉火，是我将母亲的骨灰丢进炉中之时，那是五年前的事。嘉庆说。

后来有一夜，我昏昏入眠的时刻，嘉庆蜷缩进我的被中。我被她冰凉的皮肤激起，睡意全无。自此，她便常常睡在我床上。在我不察觉的黑暗中来，又在我不察觉的清亮里离去。

凝安……凝安……你会爱我的是么？不离开。声音细微、沙哑而颤抖。然后哭泣。

我抱住她，发现她是一丝不挂地来到我身边的。我触摸着她的皮肤，细腻光滑，但有着不为人察觉的酸性和微小的疤。终究是会有人为嘉庆柔软的肤着迷的，她是那样迷人。而我，却只感觉到那冰凉下面，躲藏着一层疼。那些属于她的、最初的美好早已逝去，她却从未表示过哀悼，仿佛与己无关。时间呵，是被层层压住、厚达千尺的冰川，沉重又缓慢地移动着。一层冰一层雪一层霜，封存所有感知。颤抖着在冰上行走，举步维艰。遗忘苦乐，只是前行， 步也好。眼泪与身体的温度一起，被慢慢带走。于是世界变得格外安静，如同她早睡的每一个夜。又像沉入海底，连呼吸都不能。

忽然嘉庆开始撕扯着打我，疯狂而狠毒。尖锐的指甲刮伤我的皮肤，双脚拼命地踢我的腿。有一瞬间，一股锥心的疼自肩膀直扎到心脏，再看去，左肩已经汩汩地流出了血。我挣扎着起来，骑在她身上，尽可能地用身体压住她。她没有发出任何声音，只是用力扭动着冰凉的躯壳，直到大家都筋疲力尽。我身上遍是细密的抓痕，她满嘴是血——我的血。我闻到浓重的血液的味道，酸腥的，有小兽的气息。屋外的月如往常般宁静而温柔，我从她身上移下来，开始哭泣。她依旧抵死般挣扎，微弱地抓我。

为了不惊动母亲，我没有开灯。在黑暗中悄悄地披上件薄衣，走出房间，打了一盆热水端进屋里。我将她纠结凌乱的发拢好，露出不知被汗水还是泪水淹没的脸，用毛巾轻轻地抹。她如同死去一般，一动不动。我慢慢掀开被子，注视着她的身体。黑暗中，那已经萌芽的淡粉色的乳，如同褪色的纸花。胸口起伏，呼吸均匀，安静又美好。她好像，已经睡去。我擦拭着她的皮肤，有着莫名其妙的亲昵感。这是第一次，我发觉自己是贪婪地触摸着她，但又迫不及待地想逃避她。

月光下，她的身体苍凉，疼痛一滴一滴地落。疼痛，得学会自己驾驭。然后，让它自己离开。

不，她学不会。她只是在放逐它们。

知觉

第二日，当我在疼痛中慢慢醒来时，发现嘉庆已经微笑着站在我旁边了，凌乱的头发被精细地洗过，在脑后松松垮垮地挽起一个髻，用一支竹签插着。有些人的嘴角，只是微微上扬，就能感觉到灿烂——就像嘉庆——生来就是一张特写的脸孔，各式表情凝固在她的脸上，被一再放大成唇齿间缱绻的温柔。有些人的爱情，只是偶尔触碰，所以就产生了——就像我爱上她——若她哭泣，湿的总是我的脸，若她悲伤，苦的总是我的心。我忽然觉得一些幻象在眼前不断地飘，画面粗俗而刺眼，残忍得有些脏。想驱散，终究无能为力。我看见嘉庆站在秋日的落叶里，对我殷媚地笑，唇上涂抹着浓重的红色，似我的血。不多时，她便背转身去呕吐。落叶如雨，散发着馊臭，鼻腔里顿时填满凉薄的呼吸。那一瞬间，眼泪大颗大颗地涌，吸也吸不回去。有种东西在无形中被彻底摧毁了，我心知肚明。空气照样浑浊，该爱的在爱，等待的人在等待，寻找的人依然不知疲惫。好吧好吧，随她去吧。

你怎么了？睡那么久，还一直流泪。她问。似乎已经全然不记得昨夜发生的一切。

我试图用手支撑着身体坐起来，肩膀的疼痛却让我再次跌在床上。我只是，只是有点累。你不记得昨天晚上发生过什么了么？我说。

发生过什么吗？你生病了还是……你在发烧啊。嘉庆摸摸我的额头，然后皱起那双精致的眉。所谓爱情，悲哀的是在长久平淡的安静生活里，慢慢搅和成亲情，而幸福的，却也是这无可救药转变而成的亲情。她待我如亲人，多好。

渐渐地，我再次失去意识。梦。父亲常与人说，我是养女，非他所亲生。你这样说是造孽，会遭报应的。母亲哭喊着冲向父亲。每一次，父母因为我的存在而歇斯底里地争执时，我都有些害怕。蜷缩在角落里，如同一支汞银温度计般感知体温的上上下下，但无法左右，于是越发觉得辛苦与悲凉。有些习惯是不能纵容的，比如悲伤。仿佛在心上留下了一个缺口，总想着，要去填满它。于是，一直悲伤下去。去了又回来，慢慢地，便看不见也感觉不到了。只是身体始终被纠缠、拖拽着，但不会撕裂。温度，是低的。连风，都是倒着吹的。没有饱满的阳光，亦没有香软的沈丁花。只有，无尽的悲伤。有声音在我耳边轻轻地说，悲伤吧，就一直悲伤着，再也不好了。那声音沙哑而温柔，像嘉庆。父亲是遭报应了吧？此刻，他在见不到我的地方，会想念我么？不曾为他说过的话追悔莫及么？有些事情是无论如何都不能改变的，就像隐匿在血液里的某种东西，这便是爱。他爱过我么？也许吧。

梦里还有嘉庆。她躺在黑暗的床上，病痛和回忆时常折磨着她，又或者，不依不饶的，幻想。她睁大着一双深深凹陷、情人般的褐色眼睛，眼珠一动不动。我知道，她又陷入长长的幻觉中了。静默。她说起散发着酸臭的、围满苍蝇的酸奶，死去的母亲的手指甲，与她父亲在床上打滚的婊子扔掉的一只避孕套，Kurt Cobain神秘忧伤的笑，一首Beatles的歌，她母亲穿着令她极为痛楚的艳红色山茶花旗袍、崭新的月白高跟鞋锵锵离开家门死在高空坠物下，脑浆四溅，一条全是洞的破牛仔裤，长长的头发又被父亲剪成荒芜一片的杂草，别在土黄色单肩背包上的切·格瓦拉头像徽章，闪着的阳光忽然日食起来……她说起她最爱的顾北。她闭上眼睛，摒弃所有知觉。那年她母亲死于非命，那年她惨遭毒打，那年她看见父亲抱着惨白的肉体激烈颤抖，那年她问占卜师“我不想知道太多，就告诉我该往哪走吧”，那年她浑浑噩噩，好像过的不是自己的日子。

我的知觉，越来越渺小，逐步趋于毁灭。那些信念，似乎与爱情有关，与性别有关。心里的声音忽远忽近，我不能自己怀疑自己。有一种动物要吃掉自己的丈夫，才可以生下孩子。我在等待的，是女子间温暖又安静的馈赠。温暖，喜悦由心生。心生，自我和她。不似父亲与母亲间的。毫不相干的两件事……嘉庆在我身边，总以为就是了。彼此了解的，心里认定的，有时候分外清晰，有时却倏地不见。或许，一直都只是梦。可怎么就相信了？梦里还带着泪的。怎么就忘记了？心上还带着疼的。

起初。我坐在那里凝望。

后来。我闭上眼睛。

最后。我躺下，再也不肯起来了。

知觉，都会不见的。

便是没了知觉。

硕北说

那么多名字　那么多人

甚至没有说再见

有一次你母亲让我出门买盐巴。在街边，一个男子跟我说，他注意我很久了，让我跟他走，他会给我很多钱。我看看站在离我不远处的顾北，她对我点点头。我就跟他走了，再没回去。他叫方染谷，与你同姓。人在绝境之时，总想抓住点什么，希望被救赎。我不知道我当时是否真的还有渴望和欲念，想来是有的，不然我便不会惊慌。《圣经》上说，人怕高处，路上有惊慌。逆境相逢，而我有的也只是一副躯体罢了，灵魂早就缺失。走便走，毫无惧怕。我大抵是给自己找到一个这样的借口离去的。嘉庆写道。

甚至没有说再见。嘉庆从未说起过离开，但她已远离了那座南方的小城，到了北方——她喜欢的、寒冷的北方。她不再需要我，我也无法接近她。过往的琐事，自她走后，一点一点挨着阳光，缠住我的手脚。我想起她说，要我爱她，不离开。好像浮尘，总是不够久，便飘飘散散地去了。那些日子，我时常牵念，却也寻不见她。一些焦虑的情绪与贪相聚伤离别的心思搅和在一起，便像在心里揉搓着一团废旧纸张，发出细碎又酸痛的声音。母亲说，嘉庆是要走了，再也不回来了。对于她的离去，我有很多疑问，但最终什么都没问。只是在心里挖了一个极深的洞，沿着洞口走下去，走下去。洞里潮湿、阴霾、无光，将一切心事封存。

仅是走路，用力地。一条直线又一个转弯，时间就一点点地过去了。时间是个正大光明的骗子，让人以为，以后的每一天，都会与之前的大相径庭。即便在雷电交加、大雨倾盆的夜晚，天空，也依然有微露的光——没有什么是不能忘记的。于是，渐渐开怀起来。只是越平静，心里就越惦念。

我后来知道嘉庆的事情，是在她不能讲话之后，大段大段写在纸上告诉我的。看着那些字，我睁大双眼，动也动不了。悲伤袭来，华丽、盛大，就一瞬间。嘉庆有一种能力，可以让她周遭的空气凝固、热力挥发，无尽的寒冷，自底而升，没有终点。

那年嘉庆走后，跟着方染谷到了北京，活在她渴望已久的寒冬里。起初她以为，方染谷会将她带去夜总会之类的地方坐台挣钱。但他并没有，只是给她很多钱，让她长长久久地待在家里。方染谷去工作的时候，嘉庆便在家里支起电磁炉，买好火锅调料与蔬菜、肉类，看热气扑在窗上，形成氤氲的水汽。手指一划，一滴泪便自玻璃上流下来，直直的，又迅速，不拖泥带水。她时常这样看着，忘记时间。直到他下班回来，她都不曾吃上一口那锅里的东西。一锅肉菜已经被煮得稀烂，汤却满满的。

你在做什么？他问。

看玻璃流泪。她答。

方染谷，嘉庆曾给我细细描述过这个人。当时带走嘉庆时30岁出头，个子一般，相貌平平，衣着也不出众。人很安静，却有惊人的爆发力，独自经营十几家企业仍有足够的时间陪在嘉庆身边。那次去南方的小城是去打理他刚接手的一家棉纺工厂的琐事。从他的住处到工厂，我家是必经之路。他时常看见嘉庆独自坐在门口，低着头，盯着脚上穿的我母亲的那双绣花旧拖鞋出神。间或抬起头无意间望向他，眼神涣散而空洞。

他很喜欢早年外国女子的一种装束，就是在头部一侧留几缕发丝，其他的用珠链或发簪蓬松地固定于脑后。像那部电影《泰坦尼克号》的女主角Rose，慵懒而迷人。她的情人看见，只一眼，便惊为天人。他说他看见当时的我便是那个样子，只是消瘦得厉害。说带我走也只是试探性的询问，谁知我想都不想便提了小皮箱住进了他的家。我后来才知道，他带走我，只是为了让我跟他恋爱。嘉庆写。

于是便恋爱。这是她人生中唯一一段不瘟不火的恋情，一切对她来说都十分安静。白天，方染谷去上班，她便穿着从我家带走的、我母亲的绣花旧拖鞋——她一直穿着，裸着上半身，站在阳台上晒太阳。一双脚纠结地绞着，一只缠着另一只，一只踩着另一只。偶尔撕扯地叫喊，喉咙疼痛，然后剧烈咳嗽又呕吐，吐出一脸泪来。黄昏时，他给她请来的保姆便会来到家里，为他们做好晚餐——无论多忙，他每天都会回到家里陪嘉庆吃晚餐，他说这样才叫家。保姆原本是全天都在方家帮工的，因嘉庆不喜被叨扰，才打发她离开，只晚餐时间来，工钱还是一分不减地给。于是，保姆见到嘉庆就喜悦，经常塞给她一些从家乡带来的坚果之类的小食品。嘉庆便笑，笑得很善良。

只是夜晚。只是夜晚。她从不明白为何很多个夜晚都那样令人惊慌。在他们激烈的性爱之后，他从她的身上翻下来，背转身去，大声地哭泣，坚实的肉身融在床铺之间，剧烈地颤抖着，无法停下来。起初，嘉庆顿感凉薄，身体也变得僵硬起来。自下而上，瞬间便结了冰。她冲进厕所，大口呕吐，回应着他的眼泪。这个恬淡的男子，平日里看来踏实而安静，自信如同一股力量，从他并不多言语的脸孔发散出来，形成迷人的光。可即便是这样，他仍然在与嘉庆一次又一次的性爱后，放声哭泣。有时候，她有一瞬间的冲动，想用身体包围住他，让他留在自己的怀中，汲取一些温暖与爱。但也仅是一瞬间罢了。她什么都没做——她哪里还有温暖与爱给别人。后来，方染谷的哭泣给她带来的惊吓，慢慢地平复下来，逐渐融为他们性爱的一部分。面对他的寂寞与眼泪，嘉庆便走到阳台上，点一支烟，默默地听他剧痛的抽泣。嘉庆从来都不明白他为何如此。对于自己的事情，方染谷从不提及。他不说，她便不问。嘉庆对他的了解，只是她讲给我听的那么多。她甚至不知道他的生日是哪天，也未曾见到过他的父母。嘉庆也不大说她自己，她对自己没兴趣。他们便这样生活着，咫尺天涯。

一天早上，方染谷走进浴室刮胡子，不小心刮伤了脸，流了血。

嘉庆正在洗澡，在雾气朦胧的镜中看见了他。

嘉庆。他呼唤她。

嗯？

你为什么从来都没有爱过我？方染谷说。一如既往的平淡，听不出悲喜。

嘉庆全身滴着水，还未擦干，便从淋浴下走到他身边。什么都不说，紧紧抱住他，伸出温热的舌，轻舔他下巴上的血。他们在血与水中撕裂地做爱。这一次，他没有哭泣。

什么是爱，要怎样做才能证明有爱？怎样做才能驱散你的寂寞。她问。心里的疼切割着她的身体。她开始颤抖，然后呕吐，腥酸的臭瞬间便将浴室的香气覆盖住。

渐渐地，嘉庆闻到自己身上四处都散发着他的气味，嘴唇上、鼻腔里、衣物上、头发上、耳朵后、指甲里……那气味常常在她不经意间弥散开去，好像时刻提醒着她，有一个时常哭泣的男子在爱她。而那个时间，气味如幽灵般出现的那个时间，她大都处于出神的幻觉中，大都没在想他。为此她开始焦躁起来。或许别人是闻不到的，那还不如别人能闻到，而自己闻不到。她想。用尽各式香水想掩住他的味道。直到他送给她一瓶来自台湾花莲的古早味香水，她一闻便爱上了——那味道苦的，让她再没有空隙嗅到其他的味。

下雨天，她便拖着他出门，走一段路。仍旧穿那双旧的绣花拖鞋，只是比过去更旧些了。

你该换双新鞋了，这样的雨天浸在水里，脚和身体都会冰冷。他说。

不要，我喜欢这双。很美。她说。

也有类似款式的鞋子卖，穿上也可以很美。

我只喜欢这双。她说。

越是喜欢的，离得越远才越好。不然得不到或者得到又失去了，凭空多了悲伤。若幸运真的遇到，那是恩赐，也未必非要死死抓在手里才心安。就好像下雨天，雨滴落在头顶上、洒向四周，只是落了，却未曾有过亲密的碰触。即便是微微溅在身上一些水滴，也仅像很多时候的男女一般，匆匆搞了场暧昧，便各自离去，谁也寻不见谁，谁也不是谁的谁。他声音微小，与细密的雨交织在一起，沙沙地下。

她不说话，径直向前走。他便不再言语，只是走。

你为什么喜欢在雨天出来走路。没过多久，他又问。

可以躲在伞下偷窥别人。她抬起头，望向他。表情认真。

这么小的雨，哪用打伞。冬天的雨，很难下得大，要到夏天才倾盆。他说。

不打伞，多浪费啊。她说。

那是我心里的光 藏在最黑的地方

独自生活之后，我收藏了为数不多的一些唱片，每一张都少人知，并非十分走红的那种。我时常自私地以为它们不要遍地都是才好，否则用不了多久，我便无法在那音乐中找到我想要的任何东西了。于是，那些唱片的封面上，字体变得越来越小，人也越来越远，许多人都辨不出模样。我想我是有偏见的。总以为一个歌手倘若是唱民歌出身的，便比唱流行的好；一张封面以黑色为主色调，看不清人像，就会拿起来端详半天；喜欢日本奄美大岛的岛歌和蒙古的呼麦唱腔，必定花费大量时间在唱片店里，依着名字或者面孔寻找，并囊括全部。对未来的事，固执地坚持朝着一个方向走到底，想去的地方，想要的工作，喜欢的作家，感动的歌手，想念的人……都要一一寻见。就好像这么多年，我一直在找寻嘉庆。心中明白，我无法爱他们的全部，但倘若有那么一点能让我迷醉，也就足够了。

有很长一段时间，我曾深深地迷恋手嶌葵。那样的声音是很容易让人产生幻觉的。有一次我走在街上，数着路边的树，一个安静、宽容的女声不知自何处缓缓流出，迅速在我的脑中迂回，然后呈螺旋状下沉，直抵心尖。那个时候我正在想念嘉庆，不是约好，而是刚巧，时间精准得让人以为是刻意安排的，就好像我与嘉庆一起踮着脚步到来，才会牵着手契合。于是笨拙地找遍附近的唱片店，终于在一家零落于街尾的小店里寻见。店主不肯将原版唱片卖与我，见我满面是泪，便刻制了一张，并未索要任何费用，送给了我。我狂奔回家，将CD塞进老式唱机里。整个世界在瞬间安静了下来，听她把声音“抿”下去，连吉他、钢琴都不敢弄出声响，顺从地听着她唱。那歌声，没有高超的技巧，生活中的声音罢了。但容易记得，清澈的，让人舒服。

于是便又回到了嘉庆还未离开时的生活里。小城的早晨都是从母亲身边苏醒的。无需闹钟，只是觉得是时候了，便掀开被子的一角，悄然起床，惊醒了蜷缩在棉拖鞋上熟睡的猫儿。母亲穿上被猫儿捂得温热的拖鞋走进厨房，任由猫儿蹭着自己的脚踝，乖顺又调皮。天还薄薄的黑，向外望去能看得到闪烁的微光，星星点点的温柔，渐渐摇醒了这座城市的酣梦。

嘉庆也会在这个时间醒来，只是不起床。躺在床上看还未凋谢的城市，看一年四季都会有花瓣落在头上的花树。透过窗户，她偶尔还会看见年幼时的自己，认真地把一束束扶桑花枝夹进书页里。

待我吃过早餐去上学后，嘉庆便将我们的房间收拾干净，不染尘灰与香气，而后安静地坐在家门口盯着一处出神。为了不增加母亲的负担，她固执地拒绝与我一同去学校。母亲为此流过许多泪，到最后，也便由了她去。她说每当那个时候，顾北便来看她。她和顾北，一起坐在家门口，看见穿校服的小女孩，坐在母亲的自行车后座上，初中生模样。手里握着一支绿色的口琴。见到她们时，便将口琴放在嘴边，用力地吹，重重叠叠的声浪，细腻又好听。她们看见吃雪糕的人，一口又一口轻舔，融化。她们还看见走走停停亲吻的恋人。在家门口，刹那而过的风景。

偶尔有些下午，我看见嘉庆独自站在学校门口等我。很大的操场，只有她一个人，仰着头，看干净的天，像一支孤独的玫瑰，汲取，等待，绽放。散发着十分温柔的光芒，让人融化。那个时候，我会无心听讲，不断望向她。挨到下课的钟声一敲响，就飞快地跑到她身边，坐下，任她将头轻靠在我肩上，闭上眼睛，不说也不笑。她是一块让人安心的石。爱情，一直都是最有说服力的。

你想要什么？我问。

得不到的最好。她说。平淡的语气里，没有一丝无奈，只是停留在她的世界里的一句真理罢了。但她不轻易这么说，我便知道，她是认真的。

你的父亲……他在找你，若找到了怎么办？我从未听母亲提起过。我说。

不知道。我时常会忘记他。

那顾北呢？我从未见到过她。她不与你的父亲一起生活么？那她在哪里？我问。

顾北……她与我一起生活。我在哪，她就在哪。我搬来你家，她就搬到离我不远的地方住，这样我就能时常看到她。她很安静，不喜亲近人，时常避开全部注视，低矮地出现在我面前，只是为了看看我过得好不好。所以，你几乎无法见到她。她停顿了一下，又接着说，你常在学校里与人争执么？因为你父亲的事情被闲碎的言语纠缠着？可你不是善斗的人啊。不然你的身上，为何经常伤痕累累？我有些担心，就时常来学校看看你。见你安然无事，也就心安了。

我不回答，只是闭上眼睛，等待绝望渗出。究竟是什么在填塞她的心，一个白日又一个黑夜，一些记忆，便腾地而起，凭空消失。那个时候，我并不知道，嘉庆早就病了。我以为她只是声带或喉咙有些病症，导致嗓音沙哑，至于时常呕吐，或许是心里的阴霾长期积郁而致。其实更重要的是，她时常白天和夜晚判若两人，好像穿梭在两个时空之间，在这里便不知那边发生了什么，相反也一样。

嘉庆从不记得，很多个夜晚，她轻轻地来，将我的手放在她的脖颈上，轻柔抚摸。那颈，光滑冰冷，细玉青瓷一般。我在黑暗里看着她，她紧闭双眼，一双睫毛静得好像垂死的蝴蝶。慢慢地，她开始吻我。吻落在我的肩上、乳房上、双腿间……我的身体被她细软如婴的唇自上而下轻轻滑过，瞬间便失去了全部力气。有一些湿滑的液体流出。我无法抗拒地回应着她。一只手颤抖地自她的脖颈向下滑，停留在她小巧的乳房上，另一只手慢慢伸向了她的两腿之间。她呻吟着，声音沙哑沉闷，却始终没有睁开眼睛。我知道嘉庆的身体与我的一样，一样颤抖，一样无法抗拒。后来，她的吻慢慢变得生硬，我也停止了动作，等待她即将来临的癫狂。不久，落在我身上的便不再是亲吻，而是撕咬与抓扯。起初，我并不制止她，直到身体疼痛得无法忍受时，才会拼命用力让她停下来。那之后，她便如同最初的模样一般，安静而美好。我看着她，整个过程，她从未睁开过眼睛。

第二日，当我醒来，她早已妖娆艳丽地站在我的床前，身体散发着干燥的香气。要起床了，上学会迟到哦。她微笑着对我说，精神饱满地让人以为她定是睡了沉稳又安适的一夜。我看着她，白色的棉布如同她的皮肤，布上的一针一线缝纫起她残破的身体。还有一些色彩斑斓的针插在她的身上，拖泥带水地粘连着她的心脏。她知道，自己生来便带着许多深埋在意料之外的诅咒，其中的一个，她始终无法破除。那就是每当有人试图靠近她时，那些针便更深地刺入她的心脏。于是，她将心隔绝起来。不靠近，不触碰，不揣测。她并不想伤害别人，她只是忍不住伤害她自己。

“那是我心里的光，藏在最黑的天堂。那是我心里的光，藏在最黑的地方。”

于是便有歌声响起，男子和女童的声音。像父亲与女儿一起唱，像自己与童年的自己一起唱，像外表与内心一起唱，像今生与前世一起唱。我躲藏在这样的声音里慢慢清醒，我所渴望的，终究是我最为惧怕的。越想放弃，便更加纠缠。或许她不知道也好，若我们都明白了，一切也就都结束了。

我正百无聊赖 她正美丽

我第一次以为医院的房间比家里的好，是在嘉庆的声带再也无法承受病痛，最终被手术刀割掉的时候。那里是耳鼻喉科的住院部，病房里的病人大都被割去了喉咙、声带、食道或鼻子的一些部位，因此无法说话。所以基本上每个病人的手边都有一块很小的手写板，有需要的时候，便将字写在上面与人知。这真是个不错的房间，很安静。我想。

嘉庆碰碰我，在写字板上潦草地写：这里不错，很静。我便笑。

你是凝安？方染谷见我一眼便识得真相。他与嘉庆描述得有些不同，是极灵性又聪慧的男子。五官虽平平，但凑在一起却很精致，周身散发着阳光的味道，恬淡，干燥，松子的香。日式、蓬松的中长发被精心梳理过。眼睛清澈，目光温暖，不露任何阴影。见到我时，笑容自然开启，微翘的嘴角看不出心事。是有足够的好，让我以为嘉庆终究是不爱他的，否则为何看不到这安静的美，又或者她早就知道，只是毫无兴趣。

探视时间结束后，我与方染谷一同出了医院，走了一段路，彼此沉默。后来他提议找个地方坐下，喝点什么。于是我们便在街口一个少人的小咖啡馆靠窗的位置坐了下来，他点了一杯樱桃黑啤。

请给我一杯水。我说。

你的名字，是我在嘉庆口中听到的、唯一一个她曾呼唤过的名字，在她并不清醒的夜晚。除了你，她没再说起过任何人，也未曾说过她的事。我想也许你是她这十几年来，一直想念的人。不过谁知道呢。他说。我是十一年前带走她的，自一个小城里。那段时间我正出差，处理一些繁琐的公事。每日经过时，都看见她坐在家门口。让我想想应该如何形容她。有些宽大的衣服包裹着她，令她显得更加清瘦。黑白分明的眼珠时常一动不动盯着某个地方，有阴森的鬼气。微微有些脱皮的嘴唇如同某种带锯齿的干花，黯淡的质感。头发松散地盘在脑后，像旧时国外的女子。我曾多次让她购置一些女子用的饰品，但她以为，如此便好。她说当某些需求对自己来说太过高昂的时候，求索不起便不如遗忘。于是就变得无所谓了。

那是许多年前的她，那时她与我和我母亲住在一起，日日生活，坚硬地磨损。因为忧伤，才多了魂灵，少了肉体。我轻描淡写地带过，并未提及那些夜晚发生的事。我也知道方染谷并非多事之人，爱恨已入土。

他接着又说。她与我来到北京时，正是冬季。那年冬天格外的长，像精心为她准备的。似乎浑浑噩噩地冷了五个月，让人想念阳光晒着的温度。但她并不觉得这有什么不好，每天都穿着一双很旧的绣花拖鞋，看玻璃流泪。每次我让她去买一双新鞋时，她都拒绝，说这是她唯一喜欢的一双。她时常呕吐，其实呕吐和气温是一样的，有很多事情不是我们想要怎样就可以怎样的。但是这些都不重要。重要的是，每天深夜在我熟睡之后，她便像小兽一般扑向我，撕扯抓咬，嘴里声嘶力竭地唤你的名。她的声音，你知道的，嘶哑无力得让人绝望，在夜晚便更觉得心惊肉跳。我无法令她停下来，便用力打她的脸。她忽然就安静下来，像个婴儿似的沉沉睡去。清晨，我在她柔软的吻中醒过来，她便问我为何浑身是伤。起初我以为她只是愧于提起夜晚的事，狡黠地与我示好，后来才知道，她是真的不记得。

我轻嘘了一口气，没有言语。方染谷所说的，我再清楚不过。只是一转瞬的工夫，便过了十几年。明明是在今天，却怎么成了昨天。明明是在进行，却怎么成了过往。明明是在期盼，却怎么成了抗拒。明明，是明明，却怎么成了，空空如也。

你似乎不愿意过多说起她。他说。神情有些落寞。

问题在于，我知道的，也都是她十几年前的样子，并不比你多，她早就以长久奔跑的姿态远离我那么多年。我所拥有的，仅是微不足道的回忆，是她的生命里，微小得可以忽略的一部分，又能说什么呢。我是这样说与方染谷听的。只是自己的痛，再微小也是漫长的一条线，用力拉扯成细而利、很长的一段。

我后来从方染谷那里知道，嘉庆自十七岁离开我家后的两年里，除了嗓音越发嘶哑、呕吐、夜晚间歇性的失忆和癫狂之外，以极其美丽又妖娆的方式，长大。

刚到北京的半年，嘉庆只是以最原始的状态，赤裸着身体在房间里走动或发呆。慢慢地，她开始外出，购置许多艳丽的衣服，诸如桃红色丝质旗袍，粉紫色嵌碎石手绘芍药花大摆连衣裙，厚粗棉竹节拼布纱丽绣片灯笼裤，黄绿肚兜等。但无论怎么买，都是很艳丽而浓重的民族风格，穿在她身上，如血一般。

美是美的，只是更显得她的面容苍白。方染谷说。

后来她便很少在家里吃晚饭，连保姆都辞退了，只是每周固定一次来打扫房间。每到夜晚，她就穿上艳丽的衣服，涂抹上墨绿的唇膏出门。她总觉得北京没有黄昏，“哗”地一声，四处就都黑了下来。她常在没有舞伴的情况下独自出入妖娆的舞厅，黑唇假发的扮了女鬼。即便这样，还是有很多陌生男子蹭到她身边，喝一些洋酒，把她灌醉。嘉庆始终没什么酒量，酒胆倒是练就了一身。三五七八杯各式的酒掺杂在一起送入胃里，便醉得人事不省甚至在桌上起舞。待酒精完全扩散开去后，她就随便趴在身边的一个陌生人肩上疯狂地哭泣，黑色的烟熏妆晕染开来，像一只癫狂的熊猫。到方染谷找到她时，她已经翻江倒海地吐了一地。无人替她打扫，亦无人认领她。

她夜夜醉倒，在沉睡中被我拖回家。我以为这样也好，这样她便不会在半夜醒来撕扯着我，唤的却是你的名。方染谷说。

我走进洗手间，在过分明亮的光线下，看着镜中的自己，眼圈乌青，嘴唇苍白，无论怎样的妆容都无法掩盖年华老去的事实。就像嘉庆，艳红的裙摆也好黑色的嘴唇也罢，都不过是十二点钟前的小小把戏。时针划过，欢客走散，留下的，只有她一人。

我想起过去，她正美丽而我正百无聊赖的时候，为她浅算过的一命。未来要发生的事情，我当时并不知晓，过去已经发生过的，倒是说得不差分毫。曾考虑是否应花钱好好算一次，又唯恐自己知道得太多，不得安宁。盲眼的算命者说，人的命像块地，刮风下雨你改变不了。但地里要种什么庄稼又或者你想怎样经营，便是你能说了算的了。我想大抵是说，缘分在天，成事在人。可这话，不用算命者告诉我，我也知道，还算什么。有些结局原本就事先预备好了荒凉，只是可惜了那些繁华绚丽的过程，存在得毫无意义。

顾北说　那么多名字　那么多人

顾北说，嘉庆，你看见了么，你听到了么。有很多人，喋喋不休地表演、谈论自己的命运。他们说得太多了，我的头开始眩晕，耳朵也不那么灵光了。

失败的人说，命运真可怕。但失聪的人却以为，因为无法听见，所以多了渴望，生命便是在一次次的渴望又失望中，走向尽头。

奔波疾苦的旅行者说，我一直以为，长久地做一个卑微的人，漂泊在路上，是一种担当。他这样说的时候，心里疼痛、纠结着的人，正在黄昏时分，以静默的方式，哀悼一切伤痛。

总在为他人付出的人说，我时常忘记自己，但我又不能说，我不爱自己。只是如果可以选，我会选择让别人幸福多过让自己幸福，就算有人可怕地践踏着我的身体来索取她要的幸福，我亦欣然接受。因为神话故事里那些无畏的驱魔人，也曾虔诚地为他的门徒洗过脚，即使被出卖，也坚定地不肯背弃。愤怒的人看着他冷笑着说，你活该，这世上本来就没有应该的，只有活该的。

失去声音的人说，若有朝一日我能开口言说，我要怨恨这丑陋的世界。而现在，现在我只想远离纷杂的人流。人流，太汹涌，而我，太单薄。

精神失常的人在医院的门廊间奔跑往返。他停在每一道门前看一看，推一推，门打不开，门好像已经坏了。然后又奔跑。有一些时候，他是清醒的。清醒地知道，所有看到的、听到的，都是假象，源自自己脑中的假象。为了得到更多真实，他开始小心翼翼地用身体贴着墙壁，慢慢移动，好似感知。入夜时分，他不情愿地被大夫们送回病房。病房的墙，是软的。他贴着软的墙，继续移动。他心里知道，在被离弃过太多次之后，即使努力靠近，挨着的，也只是一道将自己与所有隔开的墙。软硬又有何分别？

脸上长满暗疮的人与牙痛得半边脸都肿起来的人擦肩而过，他们互相对视，又互不理会，心里嘲笑着对方的缺陷。

奔波疾苦的旅行者说，走过那么多路之后我才知道，即使是卑微的人之间，也无感情与同盟可言。大家互相厌恶、踩踏着，却又相互利用。是利用让这关系变成坚不可摧又忠贞的模样。心里疼痛、纠结着的人辗转反侧，懊恼自己究竟是从何时起开始偏执地相信：卑微的人都意志高贵。或许是由于驱魔人信口雌黄地说，天堂是你们的。

失去门牙的人哈哈大笑着说，那是当然了，当然是他们的，他们早都是死人啦，死人都去天堂啦。

在天堂里，失聪的人听到了他一生都未曾听到过的美妙声音。于是，他写下了最动听的音乐。

自取灭亡的人穷极一生地苦思能够让自己走向毁灭的道路，究竟应该从哪里开始，又到哪里结束。失去声音的人认识了自取灭亡的人，忽然觉得与其长着舌头也不能说话，不如没有舌头。于是他咬断了自己的舌头，最终走向毁灭。愤怒的人看着一地的血，变得前所未有的快乐起来。

奔波疾苦的旅行者说，早就知道这是一条通往苦难的路，却一再尝试。自以为是地认为，终究有一天会发现，这世界不那么丑陋——是自己让世界变得不再丑陋。可笑的虚荣练习，注定失败。失败是多么可怕的事情啊。走着走着，就变成了穷途末路的人，站在远方等待回归。驱魔人说，来，来。佛道中人说，不要相信召唤与爱恨，用理性超越疾苦。

欲哭无泪的人在温暖的冬夜，打开窗，任风吹乱头发，她想抽一支烟，终究没有点燃。房间里已经弥散开香烟的味道。

将灵魂存放在树洞里的人将唱片放入老式唱机内，冲一杯柠檬绿茶，此时喜甜，加一点蜜糖。然后坐在地板的坐垫上，背靠着墙，打开了一本名叫《去年在马里昂巴》的书缓慢阅读。自欺欺人地以为，只要自己安好，这世界便美了。

顾北说，嘉庆，你看。有那么多名字，那么多人，他们其实都只不过是无与伦比的华丽悲剧的演绎者，他们演一个乞丐——一个即使扮演王子也知道自己是一个乞丐的乞丐。

嘉庆眨眨眼，她觉得自己什么都不是。

痛 是心理感觉

她说，小时候，我母亲还未死去的时候，我曾在母亲的督促下，学了好一段时间书法。我跪在很长很高的案台前，用最规矩的姿势握紧毛笔，然后盯着巨大的、白色的宣纸出神，不知应该如何下笔。有时候，墨汁会顺着笔尖滑落，滴在那纯白之上，渲染开去。我便又用力地点沾，让毛笔吸满墨汁，再次立于高处，静待墨汁滴落、开花。直到被母亲轻声训斥，依旧以为是好玩的事，依旧乐此不疲。于是，学书法这件事便就此被搁置了下来。但其实我还是学会了一些什么的，那便是停顿、沉淀以及蔓延。我总觉得，书法不在于书法本身或线条，而在于那形态，层层叠叠的，存于心上。

她说，染谷，我们出去旅行好么？我想四处走走，但没有你，我怕迷失。

他眯起眼睛看着她，这是她第一次主动向他提出，想要两人一起去做些什么。过去都是他把一切都安排好，她只是跟着走。他说，好啊，你想去哪里？

西藏。她说。我常做梦，梦里那些僧侣，长途跋涉，走了很远很远的路，一刻都不停歇。他们内心虔诚，笃信这世间有神明，来自于前世的呼唤，后世的眷恋。我与他们同行，前往他们要去的地方，他们说那里是神的故乡。于是我就跟着前行，走着走着，便从他们身上见到了自己要摆脱的东西。僧侣们告诉我，终究都要在遗忘中，将那些物是人非的想念剥离。那样才能得到，得到自然得到坚韧得到快乐。但你看，这快乐其实来之不易。回忆总是凝重，现世又可悲。那些叵测的时间与恶作剧，时常跳窜出来，报与你知。说遗忘，谈何容易。

那就去西藏。他说。

接下来，他们花了一周时间准备行囊。她只为自己准备了一些简单舒适的棉麻布料的衣物和一些防风保暖的厚衣，至于那些出行必须的地图、书籍、水壶、背包等繁杂的物品，都是由他来购置的。他还为她买了一双厚实的、防雨防滑的登山鞋，看着她不太情愿地穿在脚上，并把那双旧绣花拖鞋塞进背包里，一同带走。

八月末，他们来到拉萨，在一个人不太多的青年旅馆住下。他订了个两人间，一人30元。嘉庆并不喜欢那样的房间，相比之下，她更愿意睡在一人一张床铺的多人间，在无眠的夜里，静静地听旁边的人窃窃私语地聊天。是方染谷的坚持打消了她的念头，那个时候她并不知道自己在夜晚会丧失记忆地抓狂，只是她原本就不是偏执的人，也少与人争斗，便跟随方染谷在两人间住了下来。

最初的几天，他们停留在拉萨。除了去布达拉宫、大小昭寺、罗布林卡等地，便在八廓街兜兜转转一圈又一圈，买一些嘉庆喜爱的藏饰品、服装。那些饰品里有真有假，好比绿松石，是西藏最常见的宝石，但真假货在价格上会被明显地区分开来，若是布达拉宫里各世达赖喇嘛的墓冢上镶嵌的那些，便是无价之宝了。她并不在意这些，只是看外观就让她激动不已的，便买了去，戴在手上、颈部，或别的什么位置。

走累了，他们就找一间甜茶馆进去坐下，喝一杯甜茶，休息一会儿。那些甜茶馆，大多都是房顶低矮、窄小，有些阴暗的小房子，走进去便能闻到动物粪便、茶香、香薰等鱼龙混杂的味道，浓重而不易辨识。她顾盼着店里的客人，那些人里有像她一样消瘦的女子，只是身边没有男子陪伴，独自一人抿一口茶，又低头看书，她猜想应该是旅行指南之类的书籍。还有皮肤黝黑的当地人，叽里呱啦说她听不懂的藏语，他们大都戴着小毡帽，周身不洁，牙齿却很白。再者便是不同肤色、不同种族的外国人，声音不大但紧密地交谈着。有一瞬间，不知道什么味道直冲入她的胃里，她冲出门去，半弓着背，一只手撑在旁边的树上，大口呕吐。

方染谷走出来，一边轻轻拍打她的背脊，一边说，你这样的身体，如何经受后面的旅行。

她便笑，嘴角挂着倔强。

八月，拉萨的白日还拖得很长，要到晚上九点多才会完全黑下来。傍晚时分的拉萨，是一天中最美的时刻。嘉庆独自沿着旅店墙角的梯子小心地爬上屋顶的露台，舒展开身体，躺在上面，并用一条扎染花的玫瑰色方巾盖住面部，以遮挡还很强烈的阳光。在她不远处，一个穿着军绿色户外运动装的男子安静地坐着，看北京东路上来来往往的车辆和行人。见到她上来，微微点头算是打了招呼。嘉庆便笑笑，然后自顾自躺下。

你从哪里来？男子问。

北京。嘉庆回答。

我也从北京来。听口音，你是南方人？男子说。

浙江上虞东关镇。

那是什么样的地方？

她说，解放前属于绍兴，很小，一万人左右，北面是国道和铁路，南面是杭甬运河。旧时叫金柯桥银东关，现在有极大的轻纺市场，繁华的不知今昔是何年。过去我外婆常说，要那么先进干嘛，要那么漂亮干嘛，要那么有钱干嘛，只要健康不就好。我很小的时候，镇中间有一条河，河上架着一座很漂亮的石桥，叫镇东桥，后来拆掉了。拆的时候，家家都在门口挂上镜子和尺子，辟邪。你知道像我们这样的小城镇，极静，到了晚上就没声响了，隔了窗户向外望去，能看到挨家挨户屋中点点的灯光。镇子的南面是田野，再南面就是山。你见过冬天的田野么？跟鲁迅先生写的一样，冷冷的，只剩稻根，没有太阳的天灰灰的一片。河上横着一两只小船，偶尔远处传来噼噼啪啪的爆竹声，也添生气，也更寂寥。

他微笑，走到她身边坐下。我叫顾晏生，你呢？他说。

薛嘉庆。她声音极轻，听上去像极其厌倦这个名字。她把盖在脸上的布拿开，看到他的侧脸，嘴唇很薄。

他说，接下来，你要去哪里？

林芝一带吧，我想去看看南迦巴瓦峰。她说。

那要从格嘎人桥徒步进去，走两到三天的路程。我正打算去那里，我们可以同行。他说。

也好。嘉庆回答。她听见方染谷在唤自己的名，站起来轻轻道声再见，便自梯子小心地走下去。

之后，他们离开拉萨，与顾晏生一起，搭乘从拉萨到八一镇的长途客运巴士，开始了林芝一段的旅行。从拉萨到八一镇，四百多公里。一路上，嘉庆都极少说话，或是看着窗外美得令人忘记呼吸的景致发呆，或是将头轻靠在方染谷肩上，闭着眼听两个男子简捷地交谈，偶尔与他们说几句话，很快便终止。她听到关于顾晏生的一些情况。北京人，是一家大型精神专科医院的大夫，刚结婚不久，新婚妻子是相恋多年的中学同学。每隔一段时间，便会独自出来旅行。

每日在患有精神分裂、幻听、言语错乱、抑郁、狂躁、甲状腺分泌过多等疾病的患者中间工作，是需要勇气的事。嘉庆说。

是的。晏生说，时常有人自杀，即使院方的看护再严密，这样的事情仍层出不穷。但那些自杀的病人，大都无法如愿以偿地死去，拖着支离破碎的身体，被医院救起，之后便又生不如死地活着。作为医生，这些虽然是司空见惯的事情，但若日日在这种破碎的状态下工作，仍会觉得十分沉闷。

到达八一镇，已经是黄昏了。他们决定在八一大街的渡口青年旅社留宿一夜，第二天一同坐小巴士到派镇。他们订了一个三人间，将行李安置好后，便走到街上打算找个餐馆吃饭。这是一条很古怪的街，路的两旁，几乎每一棵树的树枝上，都挂满了医院里输液用的吊瓶、输液管和针头，只是那些针头都插进树皮里，而非人的血管中。嘉庆盯着看了很久又看向顾晏生，他也正注视着她。

我也不知道这是什么意思，或许是当地人的习惯吧。顾晏生耸耸肩，然后便笑，牙齿很白，整齐又好看。

他们走进一家四川人开的小餐馆坐下，点了一些清淡的炒菜和两瓶啤酒，一边交谈一边吃饭，偶尔举杯为即将开始的旅行祈祷。天渐渐黑下来，淅淅沥沥下起了雨。餐馆里的客人很少，昏黄的灯光，看不清老板娘的脸。

回到旅店，三人各自收拾了一些在野外留宿的必需品，睡袋、雨衣、保暖衣物、绑腿、少量药品和创可贴等。尽可能地将用不到的东西都寄存在旅社，以减轻负重。然后便去洗澡。心里了然，这是在旅行结束再回到这里前，最后一个舒适的夜晚，接下来的旅行里，不会有舒适的房间，也无法洗澡。嘉庆回来的时候，两个男子都已经躺下。她轻轻地放下洗漱用具，搭了一条厚实的披肩，关上门，走到楼下，坐在院子墙边铁质的长椅上，点燃一支烟。雨已经停了，夜晚有些清冷，抬头望去，漆黑的一块布上缝着闪闪的星。她闭上眼，忽然想起她的父亲。或许他还不是那么罪不可恕。

她很小的时候，曾经令父母亲很快乐。他们让她练习书法，期待她成长，健康地，愉快地。只是一切都是假象，如同所有的小孩子带给成年人的一闪而过的、完美的假象。很快，母亲便在她的生命里消失了。存在的，只是一个被酒精、陌生男子包围的、骨架式的鬼影女子。她很消瘦，头发柔韧而脆弱，时常大把大把地掉落，上楼梯的时候，拼命喘粗气，手脚颤抖。每夜她回来都是大醉，父亲把她抱进浴室，给她淋浴更衣，还抹干净她的眼泪和流得满身都是的酒。那时候，嘉庆便躲在浴室的门口偷看，有时会因无法承载惊吓，而快速跑开。

母亲在家的时候，也很少理会嘉庆，只是与父亲长久地争吵。她听见父亲的哀求，求母亲不要离开这个家。她不敢走近，就只有反复地等，等待争吵结束，等待母亲过来抱她，与她亲近。在等待的过程中，她常叫喊，希望能够引起母亲的注意，但母亲始终没来——她的声音永远无法盖过父母的争吵声。于是，她开始穿她的衣服，用她的脂粉，以童年的妖艳，等待她来。有一次，母亲终于看到了她。见到她的打扮，快速走过去，狠狠地一掌打在她的脸上。由于用力过大，母亲也跌坐在地上。她开始咆哮着踢打，摧毁她能拿得起的一切东西。父亲走过来，一把将她抓起来，打开房门，飞一样地把她扔了出去。重重地摔在地上的时候，她听见门“咣当”一声被关上。嘉庆醒来时，发现自己正伏在浴缸里。额角跌伤，血还在一滴一滴地渗出，有一丝轻微又空洞的声响。她开始有些憎恨，憎恨重复的等待和惊吓。

没过几天，他们便接到医院打来的电话，说她的母亲出了意外，死在街头。那天她记得，母亲打扮得艳丽出门，红色山茶花旗袍包裹着玲珑的身躯，月白高跟鞋发出嗒嗒的声音。医院说，路边的霓虹灯忽然坠落，刚好她母亲经过下面，钢筋、玻璃、电线，一并坍塌在母亲身上，把那件红色山茶花的旗袍染得更加红艳。

父亲把她揪起来，冲出门去，像抓一只猫，那时她额头的伤还没有好。到了医院，她看见巨大的白布盖在母亲身上，她不敢伸手掀开白布，也不敢看母亲的脸。她怕那后面是一张凝结了血块的、无法辨识容貌的、极恐怖的面孔。她看着父亲抱起母亲已经冰冷的尸体，母亲似乎变得更加小，缩在父亲怀里。父亲低下头，深深地亲吻母亲，吻那张血液已经凝结的脸。她开始呕吐，病床边蒸腾着馊味，连同母亲的血腥味一起，冲上天去。

母亲下葬的骨灰盒是空的。那之前，她把母亲的骨灰连同那只散发着淡淡香气的木质盒子，一并扔进了炉火中。她看见火苗一下蹿得很高，发出愉快的噼啪声，好似咏唱。她伸出手，抚摸那火焰，有灼伤的快感。母亲死后，家里恢复了平静，她再也听不到一丝争吵。只是偶尔去厨房寻找一些食物充饥时，看到父亲独自趴在厨房的地板上，用白布不停擦拭地面，口中轻轻念叨着什么，地上都是空酒瓶。

爸爸……她轻声呼唤。父亲忽然站起来，抓住她的头发，把她按倒在地上，将她的头猛烈地撞向地板，口中发出野兽般的低吼，你为什么要烧掉她的骨灰！你为什么要烧掉她的骨灰？你为什么要烧掉她的骨灰……你为什么要……烧掉她的骨灰……你为什么……她的意识慢慢变得模糊，直到什么知觉都没有了。那之后，这样的毒打对她来说，就成了家常便饭。

嘉庆，嘉庆……她听到一个男子的声音温柔呼唤着她的名。她睁开眼，从回忆中醒来，以为是方染谷，抬起头却看见晏生的脸。回去吧，明天就是艰苦的旅行，要养足精神。他说。

她不说话，走回房间，安静地入睡。现在她懂了，母亲从一个男子到另一个男子之间，是否得到了足够的缠绵与疼爱，是否那爱比父亲给得多，而且更激烈。

当嘉庆再度醒来时，发现自己被方染谷抱在怀里。顾晏生站在一旁，额角渗出汗水。她想询问发生了什么，却发现无法发出声音，喉咙撕裂般的疼。她挣扎了一下，但无力支撑住身体。她忽然知道了身体的重量，原来能够毫无忧伤地站立，本就是生命赐予的福惠。或许有些人是明白这一点的，但无法给别人安慰。每一个人都只能背负着自己的痛，并默默承受。

没关系，继续睡吧，你刚才做噩梦了吧。方染谷说。

她极力回忆睡梦中的一切，却想不起任何与梦有关的事情，好的坏的都没有。不多时便又昏昏沉沉地睡去。方染谷将她放平，盖好被子，与顾晏生一起走出房间。

她一直这样，一到夜晚便撕打，嘴里还唤着一个叫凝安的女子的名。我常被她抓扯得满身是伤，却不忍心将她叫醒。有时候实在疼得厉害，便用力压住她，不用多久，她就像失去知觉一样再次睡着，直到天亮。起初我以为她是有意识的，后来才发现，她完全不知道自己做过什么，到现在也不知道。方染谷说，晏生，她是病了么？

嗯，或许是脑部曾多次受到过严重的撞击，或许是因为遇到什么不好的事情长期积郁而致，又或者……谁知道呢。你知道，精神上的疾病，在医疗诊断和与病人进行深刻的沟通之前，什么样的可能性都有，无法做出判断。但即使知道发生了什么，也不见得能医得好。对于精神受到重创的人而言，他们既是患者又是医生，能治好她的，只有她自己，医院和医生都是辅助的，若她本身不想好，无论多昂贵的药，都会丧失效果。你该告诉嘉庆发生过的事情，并带她去医院治疗。顾晏生说。

方染谷说，我知道是该带她去医院了。她常觉得痛，无论是喉咙还是身体。

痛，是心理感觉。晏生告诉他。

转山转水转佛塔啊　不为修来生　只为途中与你相见

清晨，嘉庆醒来，叫醒方染谷与晏生。三人坐在一起吃了一顿简单的早餐，彼此无话，无人提起昨夜发生的事情。稍作休息后，便背好行李，叫了一辆出租车到八一镇的长途汽车站。这里的出租车无论到哪儿，都是十元钱。他们付了钱，下车，在售票口买了三张到派镇的小巴票。

去往派镇的小巴士狭小而拥挤。车里簇拥着的都是当地人，没有像他们这样的旅行者。大多数旅者都是自拉萨起，几个人约好合租一辆车子，一路咋咋呼呼走马观花地玩，最后返回拉萨时，手里握紧的相机里，装满在网络、书籍、报纸、杂志上便能见到的、司空见惯的美景，脸上溢出征服过后的满足感。他们其实也可以像这样租一辆车，一路咆哮而过，只是这样做，旅行便变得毫无意义。

巴士一路走走停停，开得缓慢。沿途遇到要搭车的当地人，司机都会停下，让他们上车。车厢内变得越来越拥挤。嘉庆闻到浓重的汗味、动物的膻味、头油的腥酸味、口臭味与酥油独特的气味混杂在一起，在空气中形成一道厚实的墙，堵住出路，把人困在其中。她觉得有些憋闷，便将手放在胸前自上而下滑动抚平，之后又停在胸口的位置按了又按，却终究还是脾胃抽搐。她迅速打开车窗，尽可能地将头探出窗外，呕吐，然后喘着粗气。顾晏生从前排的座位转过头，递给她一些纸巾。她接过来，在嘴边胡乱地擦抹几下。坐在身旁的方染谷正安稳地睡着，并未被她的呕吐声所吵醒。

只是惯常的呕吐而已，没什么。她对顾晏生疲惫地笑笑，然后看向窗外，回避了他的注视。

下午一点，车子到达派镇。派镇是雅鲁藏布大峡谷的入口，也是墨脱与外界相连接的主要出入口，于是，便成了那附近人流、物流、商贸、民俗、娱乐都颇具规模的集镇。狭长的街上，商铺、旅店和饭馆鳞次栉比，商旅者、背夫、马匹，应景儿似的热闹。三人绕开繁杂的人流和热情拉客的店家，在一家人相对少一些的小饭馆坐下，要了三碗面，安静地吃。

嘉庆，你吐了？方染谷问。

嗯，没事，习惯性而已，你知道的。她低头吃面，并不看他，嘴里咕噜出一句话。

晏生说，我们今天无法走入峡谷内，需要找地方留宿一夜。我们可以沿路走到格嘎村，住在村民家里，明天一早自格嘎大桥出发。

饭后，他们向老板询问了一些当地的情况，未多作停留，便向格嘎村出发。雅鲁藏布江终于出现在了眼前，江面极宽，绿色江水缓慢但激烈地奔腾着，阳光照在江面上，反射成白亮亮的一片。天很高，厚实的云与云间的空档中，填充着大片大片湛蓝。偶尔有雄壮的鹰飞过，发出浑厚明亮的叫声。江中心有一个小岛，当地人说叫魔湖。

晏生说，关于魔湖，当地是有这样的传说的。魔湖曾是魔鬼巴洛拉的领地，由两只独角水怪镇守。后来，巴洛拉与南迦神决战，最终被杀，尸体也被分散置于江的各处。水怪趁南迦神战斗时，偷吃了佛主赐予他的仙丹，藏在湖中，每隔一段时间便会出来作乱。南迦神派徒弟格桑下山修建镇妖塔，并给他一块神石，放入塔中可镇压水怪，但石头必须得到九千九百九十九个族人的诵经祈福才有效。可当地人丁稀少，再加上水怪危害，大都迁徙至别处，人便更少了。于是格桑花了13年时间，走遍了珞瑜的每一个部落，终于带回神石，在魔湖修建起镇妖塔，从此魔湖便风平浪静了。

嘉庆看着那江心的一点出神。忽然觉得前所未有地自由，好似晏生这样的讲述者一般，用故事承担生命中的全部负重。于是，讲述便成了生命中最接近自由的存在。自由会让人变得勇敢，但追寻自由，最为虚妄。嘉庆想。

他们沉默，继续走一段路，大约过了一个半小时左右，在一个只有为数不多的十几间房屋的门巴村前歇了脚。嘉庆走上前，轻轻地敲门，一个穿白色质薄无袖无领的小上衣、下着花色裙子的女子打开门。看见嘉庆，便拉她走进屋里，大方地笑。方染谷与晏生一起，跟在嘉庆后面进了屋，并排坐在色彩明艳、羊毛织成的氆氇上。三人好奇地环顾着屋子，阴暗、矮小，屋顶很低，浓墨重彩，颜色丰富而亮丽。墙上挂着一只帽子，用黑色氆氇作帽顶，下部是红色，翻沿处用桔黄色绒布镶边，还留有一个缺口。女子不久便端来三只木碗，倒满甜茶，递给他们。顺着他们的目光看去，看到那只极艳丽的帽子，便用不太分辨得清的汉语说，我们这地方的男人，不戴这种帽子，都用自家编的草帽，挡雨挡太阳。你们来玩，去哪里？墨脱么？

嘉庆微笑，摇摇头说，南迦巴瓦。

那要走两三天的路，在峡谷里，不好走。女子的话，都是极简单的短句。然后她又指着墙上挂的人像问，你们知道，这是谁么？

嘉庆再次摇头。

六世达赖喇嘛，后来流浪，是个诗人。女子说。

仓央嘉措，对么？嘉庆说。然后看着女子竖起拇指对她笑。

“那一天闭目在经殿香雾中蓦然听见你颂经中的真言，那一月我摇动所有的转经筒不为超度只为触摸你的指尖，那一年磕长头匍匐在山路不为觐见只为贴着你的温暖，那一世转山转水转佛塔啊不为修来生只为途中与你相见”。

她一个字一个字地轻声背诵，唯恐惊扰了谁——她一直记得的、一直爱着的仓央嘉措的情歌。

她看见门巴女子满脸是泪，但又分明无法准确地分辨出嘉庆在说什么，仅是隐约知道那是仓央嘉措的情歌。不多会儿，女子便掀开毡帘，走进里屋，然后又出来，手里托着些物件。她坐在嘉庆身边，递到她手里一块极柔软的小布料，嘉庆打开，是一个无开襟、无领、无扣、只有一个圆口由头上套住、类似肚兜或内衣之类的衣物。

不布热，不布热，不布热……我做的。女子对嘉庆说。

不布热。嘉庆点点头，跟着学。

女子见她学会，便又将一条长约两米、宽半米的红色氆氇腰带也递给她。

送给我的么？嘉庆问。

女子热烈地笑，那黝黑的脸上，还挂着泪呢。嘉庆知道，这是特殊的馈赠，为自己知晓仓央嘉措，为自己能够诵出这个民族古老的族人所写的情歌。

谢谢。嘉庆说，为了减轻负重，我什么都没带，我身上几乎没有能够当做礼物送给你的东西。

女子伸出手，拼命地摆动。那是一只如同男子般的手，手掌宽大粗糙，手指的骨节更是大得不像话，若不看面孔，必定让人以为，这手的主人是位男子。嘉庆握住那只手，瞬间有一股温热自掌心流入体内。如果还有什么东西是她所喜欢的，那大概就是善良了。可这在她的生活里正一点点丧失，变得越来越少。有谁会比孩童更善良、不知计较呢？他们争吵，第二天便不再记得了。后来，孩子长大了些，失去的时候，会哭会痛会放弃，但最终还是慢慢忘却。待到长大成人，却变得对任何事都无法原谅，越来越计较，一丝一毫危险都不要。原来所谓的安全感，只不过源于什么都不在乎罢了。

带着门巴族女子馈赠的礼物，他们起身告辞，继续向前走了多时，见到一块巨大的岩石一分为二，夹缝中生出两株桃树。在旁边不远的地方，人工雕刻的石头上写着“情比石坚”。她住在拉萨的旅馆里时，便听到那些已经折返的旅行者喋喋不休地嚷嚷，纷纷讲述有关这两株桃树的故事。那是在当地流传着的一段桃树王之女与部落男子的爱情故事。春风化雨的时节，巨大的岩石里桃花随风飘散，好似传颂。嘉庆站在树下，那树枝叶繁茂，遮挡了大片阳光。是谁棒打鸳鸯，任世间情情爱爱，劳白了头。是谁驱散寂寞，任人间纷纷扰扰，消失了影。她仿佛听到温柔的绽放声，犹如烟花般轻微地爆炸被放慢成无限久远，就在她耳旁绽放了。她看向那树，已经过了桃花开的季节，树上只有茂密的叶，起风的时候，发出沙沙的声音，并无其他。待她背转身去，那声音又清晰地来，慢慢绽放着，让四周充满芬芳。是心里开出了花。心中有伤，就苍凉。有些人，心里是会开出花的。若这芬芳不败，那多好。嘉庆想起了凝安，想到她好像一直出现在自己身边，在某个地方。只是自己总是忘却，无论如何都记不起也寻不见她。于是开一朵花，常常纪念。纪念丢失的疼痛，纪念变了模样的存在。心空了，便绝望。绝望地呼唤，唤她。站在最高的山峰上，回音传遍每一处角落。她折下很小的一枝树杈，细致地藏进包里。

时至傍晚，他们来到人工建造的南迦巴瓦观景台。并未停留，便沿着下山的盘山路向格噶村走去。嘉庆抬起头，草草地看了一眼，南迦巴瓦的主峰被漫卷的云烟挡住，只露出连绵不断的山腰，在如织般的流云下，怯怯含羞。

我们最好在天黑前赶到村里，找到村民家落脚。晏生说。

于是便加紧脚步。天快黑的时候，他们走到村口。衣着凌乱眼神清澈的孩童正在游戏，黑黝黝的藏香猪和牦牛四处游荡，古老的大树下，马儿安静地站立着，一动不动。一个珞巴族女子用布袋将孩子缠绕在背上，怀里抱着一条狗，从他们身边经过，侧着身子微笑，羞涩又迷人。他们走进村子，在为数不多的十几户人家之间穿行，希望能够在听得懂汉语的村民家留宿。村里房屋大都是用泥土或石块砌起来的，与藏民和门巴族居住的房屋有明显差别。最终，他们住在了曾在村口对他们微笑的女子家。那女子已经将孩子安置在屋中，狗也放在了地上任其欢耍。因为丈夫是藏民，常在派镇与游客做些小生意，而略懂一些汉语。知道他们要去南迦巴瓦后，便说丈夫可以做向导带路，也可帮忙背一些重物。

附近，温泉，走路，两三公里。珞巴女子用简单的词说。

他们是知晓格嘎温泉的，只是从未想过是否会去那里。方染谷与晏生一同看向嘉庆，等待她的回答。咯巴女子笑笑，走进后屋为他们准备晚餐。

去也好，时间还早。她说。然后弯下身，将松垮的鞋带重新打好结。她弯身下去的瞬间，两个男子的目光交错在一起，只一秒，便分开。

格嘎温泉距离村子并不远，大约半小时的路程，便能走到。他们自格嘎大桥附近的公路旁，沿着一条小溪流拐进山谷。那清溪好似一线，蜿蜒峡谷之中。马道狭窄仄逼，下临深渊上贴绝壁，山谷叠翠山色青黛，杂树丛生乱石铺滩。即便是白日，行人或马匹进山，也都要逶迤而行，不敢懈怠。三人举着手电，小心翼翼，细致地走。夜色四合，山谷间除了轰鸣的溪流声，一切都安静了下来。渐渐地，山林中露出三间小小的屋顶，温泉区便在那里。他们继续向下走，又走过了一个大约四十多米的陡坡，在靠近溪边的泉眼停了下来。

方染谷与晏生有些尴尬，不知在这样的夜晚该如何才能赤裸着身体，面面相对浸泡在泉水里。嘉庆面朝泉眼，背对着两个男子，自顾自脱着衣服，直到一丝不挂。晏生看着她，瘦小的肩膀，肩胛骨嶙峋地突出，皮肤白亮，被清辉的月光抚摸，身上像蒸腾起一层雾气，辨识不清。臀部微微向上翘，形成浑圆又好看的弧度。晏生低下头，不敢再看，莫名其妙地感到恐怖的亲昵。待嘉庆全身都浸泡在水里后，两人才除去衣物，走入水中。嘉庆始终没有睁开眼睛，不看他们，也不看自己。她听见泉水叮叮咚咚敲打着水面，清冷的月光透过树的缝隙沙沙地摩挲着土地。她听见白云在黑幕般的天空中游走，云雾呢喃绕着山峰，层层包裹，层层温柔。她听见格嘎乐曲自深藏在绿树掩映的覆雪山谷中飘散开去，不见其踪但闻其声。她听见丛林中的古藤吱吱嘎嘎地彼此缠绕，小鸟呜啾啾。她听见方染谷的哭泣。她听见一切无法听见的声音，包括她的心。

待他们返回村子时，已经很晚了。珞巴女子见他们回来，便端上来热腾腾的青稞酒。酒是用打散的鸡蛋混合糌粑、红糖搅拌而成的，可以补偿浸泡温泉时体力的缺失。当地女子在生育后，也常饮这种酒来补充营养与气血。嘉庆皱一皱眉，腥酸的味道让她在瞬间便要呕吐。终究忍住，将浓烈的酒一饮而尽。女子将她的酒杯再次倒满，又端上来为数不多的饭菜。藏鸡炖萝卜汤、馒头、黄瓜、番茄，简而不陋。女子安静地坐在离他们不远的地方，怀里抱着已有深深倦意的孩童，轻轻哼唱。唱的星月都疲倦了，躲进云里。

酒半酣，歌正浓，兴未尽。她站起来，走到珞巴女子早已安置好的床铺前，和衣躺下。明天开始就是艰苦的旅行了。她想，或许这里便是世界最初时的样子，是挣扎在纷扰城市里的人想探究的地球上的最后秘境。雅鲁藏布江，从最高的顶峰流下来的水，是冰川雪域奔腾的灵魂。森林与幽谷，咆哮着天地初开时的野性。那些倦怠的、暴烈的、疼痛的、坠落的，所有的一切，终将化为无尽的自由。

让迟缓，理解速度。让破碎，理解完整。让失去，理解存在。让脚，理解自由。让自己，理解他人。

焚香

格嘎大桥，海拔2883米，北纬29°，东经094°。三个人同一名做向导的藏族男子，分配所携物品。早上十点钟，他们用细长的布条沿着小腿一直向上，层层裹住，然后在膝盖下面的位置，死死打一个结，以防止长时间高强度的行走有可能带来的静脉曲张。一切准备停当，便出发。在经过了大约十分钟的持续上坡后，他们来到一个狭小的平台。藏族男子停住脚步，告知休息片刻，作适应性的调整。三人并未觉得疲惫，便继续前行。一小时后到达了可容纳三十几人的休息处。方染谷与晏生都有些喘息，坐在地上闭起眼睛。嘉庆始终站立着，呼吸均匀。她看着雅鲁藏布江出神，水声轰鸣。向导介绍，这里是由一个五级滩、三个四级滩与四个三级滩衔接而成的类似W型的拐弯。

嘉庆便问，五级滩、四级滩、三级滩都是指什么？

向导有些含糊地解释说，水浪沙石滩分成六个级别，水浪达到三米的滩叫四级滩，四级以上的都是险滩。

嘉庆点点头，再次望过去。它们首尾呼应，雄浑坚毅，南迦巴瓦在远处时隐时现，刚刚出现一些轮廓，想要辨识，却终究没了踪迹。于是，再次上路。后来的一段路，十分平缓。丛丛修竹迎着风自顾舞蹈；各色小巧、精致的野花点缀其中；寄生在各种树干上的松萝、花开似莲的野辣椒、苦涩的野草梅俯拾皆是；被遗弃的牛马圈颓败，好似倾刻间便会倒塌；1950年大地震造成的直白沟近乎90度的直切岸涯立于不远的地方，如同一道屏障，守护着神迹般的一切。嘉庆不说话，步态始终沉稳，紧紧地跟在藏族向导后面，甩开两个男子一段路——她了解自己的身体，比很多人都更有韧性，又经得起长久的磨难。

下午两点左右，他们在过去的吉定当嘎村所在的大平坝休息。那里曾是村庄，村子因交通十分不便而迁移出去，现在成了吉定当嘎村民的高山牧场。平坝左侧的山脊上挂满风马旗，印有经咒图像的方形、角形、条形、颜色各异的风幡被绳索有秩序地连接成串，在大地与苍穹之间飘荡，联系着天与地。风马旗下面有一间因修行而砌起的石屋。他们走过去敲门，无人应答。向导说石屋里一直住着一位喇嘛，原本是吉定当嘎村的村民，出家后在平坝上建起一座石屋苦修，就连村庄迁走也未随之离去。日日点着酥油灯，坚定地守着，不问日月。嘉庆想起宋代陈去非的诗《焚香》。

明窗延静昼，默坐消尘缘。
即将无限意，寓此一炷烟。
当时戒定慧，妙供均人天。
我岂不清友，于今心醒然。
炉烟袅孤碧，云缕霏数千。

悠然凌空去，缥缈随风还。
世事有过现，熏性无变迁。
应是水中月，波定还自圆。

离大平坝不远处，有一个名为直美吉定的天葬台，意为“在最舒服的地方举行最纯洁干净的天葬”。向导告诉他们，这是一个与色拉寺的天葬台齐名、颇有渊源的天葬台，曾经是当地的工布人举行天葬的地方，后来便不再使用了，但终究还是保存了下来。

三点，他们抵达了南迦巴瓦登山第一大本营，海拔3527米。南迦巴瓦直立在面前，却终究未现真容。他们捡了一些柴火，把火点着后，坐在火堆旁。方染谷从背包里取出几个馒头、鸡蛋、罐头、卤菜等，分与其他人，以补充已经消耗殆尽的体力。

晚上我们在这里睡。若幸运，明天一早就能看到南迦巴瓦。因为没有帐篷，需要多捡些柴，火不灭便容易抵挡夜间的寒气，若遇上雨，就是难捱的一夜了，多穿些吧，保暖。向导说着，从晏生手中接过一小瓶白酒，如饮水般，一饮而尽，而后豪爽地笑。

嘉庆便笑着问，这一年，你会进山几次？

几次？没数过。经常是遇到徒步来的旅行者需要向导，便带着来。你们与那些旅者，有些不同。他们通常成群结队，租很多马，身上不背任何东西，都由马驮着。多数人都走不下来，所以马驮行李也驮人。你这姑娘倒是厉害，一路都走得那么快，一直跟着我。向导说着，从怀里拿出一只透明的小塑料袋，袋子里装着一颗黑褐色樱桃大小的药丸。他举在鼻子旁闻了又闻，而后细致地收好。

那是什么？晏生问。

药。藏药。寺里买的。向导把药递给晏生。每年四月左右，很多寺里会做一些药，我们都排队买，一人买一颗，数量很少。这个拿着闻闻，治胃疼，吃饭也好。

开胃是么？只是闻闻就能治胃疼？晏生说。

嗯……嗯……开胃。闻闻，治胃疼。向导重复着晏生的话。

嘉庆拿过药丸，放在鼻尖闻了闻。一股山楂和着甘草的香气流入鼻腔，没有一丝苦涩。藏药是否真如同传说中的那般神奇，亦或只是信仰的力量，不得而知，但只要能救人于危难，那便是好。她把药丸递给藏族男子，看着他将塑料袋折成更小的一块，又用红布小心地包好，掖进怀中的口袋。温度开始降低，她感到有些冷。添了一件厚实的防风防雨外套在身上，又用一条大的棉毛披肩裹了头脸，盯着南迦巴瓦所在的方向，久久地出神。篝火噼噼啪啪地燃烧，藏族男子时不时地往火中扔进一些新的柴火。风渐渐地吹，越来越猛烈。他们站起来，把诸如地图之类轻薄的东西收拾好放回包内，再次坐在火旁。

嘉庆。

嗯……她听到晏生叫她的名，便将目光看向他。

你睡着的时候，常做梦么？

梦……是有些吧，好像又不是，我记不清。她说。

你梦到过什么吗？你还记得的。晏生问。

梦……凝安……曾与我一同生活过的女子……其实并不是梦，我并不是一个人，我有一个姐姐，叫顾北，薛顾北，我们时常交谈，一起游戏。她不愿意出门，总是长久躲在阴暗的地方。平日里，染谷若不在家，她就来找我。她很固执，少言谈，只愿意与我一起，就连凝安也未曾见过她。凝安上学的时候，我坐在家门口，她就坐在与我面对面的、路的另一边，冲我笑。有时候轻轻丢过来一颗白色的小石子，我捡起来，那石头闪闪发光，还带着温热。我想念她。至于梦，梦里的事，醒来大都忘记了，有谁会一直留恋梦呢。她将头别过去，不愿再多说。晏生看看方染谷，亦不再多问。

风很大。天渐渐由蓝变紫，最后完全黑下来。他们将干燥柔软的柴火铺在地上，用背包做枕，打开睡袋钻进去。嘉庆又多穿上一件厚实的绒衣，用围巾裹住头脸，只在眼睛处留一条缝。终究还是下起了雨，雨水夹着冰雪砸在地上。火堆被雨雪浇灭，发出嗞嗞的声音。她重重地裹了裹身上的睡袋，再将身体蜷缩得更紧一些。深夜夹着潮湿的寒气入侵身体的每个细胞。她无法入睡，便坐起来，把一切能穿的衣服都穿在身上，仍旧觉得冷。借着月光，她从睡袋下面抽出一根尚还干燥温热的树枝，试图重新点燃火堆，吱地一声，火柴熄灭，蒸腾起一缕淡薄的凉烟。她有些绝望，裹好睡袋重新躺下，眼睛像被施了咒怨的法术般渐渐开始分裂。她看到碎成一片片玻璃似闪光的花瓣，夹杂着冰冷的寒气，从身体中剥离开去，背信弃义地投靠冰冻的寒。低靡的风咆哮着擦过耳朵，卷起一些鬼哭狼嚎的声音，跌跌撞撞地扑面而来。她闭上眼，听雨、听雪崩的声音。

极致的美 与死亡比肩

她醒来时，南迦巴瓦早已全部显现出来，直直地闯进她眼中，云山之间变化万千。她揉揉眼睛，等待即将从山后升起的太阳。云被浓墨重彩地渲染，五光十色，连绵的山脊镶嵌着金边。仅一瞬间，太阳从顶峰右侧的凹处跃起，柔软的阳光刺穿层层叠叠的云，闪亮地照在她身上，韶光般美好。她从睡袋里钻出来，站在阳光下。身体开始升温，头发里包裹着的霜冻借着皮肤的温度逐渐融化，混合着清晨的露珠和疲惫的汗水在全身流淌，倏地滑进身体隐匿的洞穴。她觉得口干舌燥，四处找水。三个男子也相继醒过来，找寻食物。睡袋里一片汪洋，再没有一个地方是干燥的了。她将睡袋完全打开，搭在马背上晾晒，而后看着完全显现出的南迦巴瓦出神。方染谷递给她一只鸡蛋、几片面包和一只开好的罐头。她摇摇头说不饿，目光没有离开山体分毫。她看着。南迦巴瓦腰际如练的白云之上，数条巨大的冰瀑从山腰破云而出，沿着莽莽苍苍的山体直冲到江底。淡淡的云气蒸腾而上，轻灵的云瀑从山顶悠然滑落，白缎般的流云环绕着山腰，闪着金色寒光的如剑雪峰，在云中挺立。

她开始流泪。想说些什么，却终究没有发出声音。那声音卡在喉咙里，只是卡在喉咙里，喉咙便纠结着痛起来。她不能吞咽亦无法说话，卡在喉咙里的痛，只有空气可以穿透。她用力拧着衣服的一角，衣角纠成解不开的结。她看着自己，手指变成枯叶，脚步伫立成一片寞落。就连呼吸，都化为无边的云烟。无论他们如何唤她的名，她都站立在原地，不肯离去。直到藏族男子走到她身边，轻轻地对她说还有很长的路要走。她才低下头，将全部垃圾收在便利袋里，以便在离开时一并带走。

嘉庆，刚才你在想什么？方染谷问。

其实什么都没有想，只是出神。我不会在雪地里回忆夏天，即使彼时有火热的温度，膨胀的情绪。可旋转着旋转着，就会走失在视野里，不如不想。当下有当下的乐趣，告别之后，各自珍重，好好地走路。她说。

他们穿过吉定当嘎大坝，来到吉定当嘎村。那是个由石头堆砌起来的很小的村落，因无人居住而寥落衰败，杂草纵横，门扉紧闭。纵横交错的风马旗在朝阳的抚慰下，跌宕舞动，如同海洋。走过村子再向前，一路都是缓坡。经过了一夜雨雪的冲刷，变得格外清澈。鸟鸣声穿过层层叠叠、遮天蔽日的原始森林，飞上云尖。巨大的树上，藓苔类植物依附而生，一团团、一簇簇，好似触手。走在长年阴郁潮湿的落枝腐殖层上，有咯吱咯吱的声音，缠绕如麻的节奏。一段漫长的下坡后，他们到达格嘎沟底。下山的路很难辨识，三人小心地跟在向导后面，不时以手扶路来保持身体的平衡。格嘎沟的水，流得急促，其中的一段曾由于雪崩覆盖了水道而形成一条小小的暗河。他们停下来，休息了一段时间。嘉庆拿出早上没有吃掉的食物，大口咀嚼。藏族男子伸手在路边摘下一棵紫花绿叶的植物递给她说，这叫曲菇，叶子能吃。我们当地人都说，羊吃了曲菇叶，连猎狗都追不上它咧。嘉庆摘下一片叶子放进嘴里嚼，有涩涩的苦味。她轻轻地皱起眉头看着藏族男子，温和地笑。

再次启程的时候，他们重新分配了行李，由于需要从雪崩的地方横过格嘎沟，以近乎70度的爬坡上到对面的山上，因此向导坚持帮助他们背了较为沉重的一部分。他们走得缓慢，手用力地抓紧命悬一线的杂草细枝。大木参天，持续的上坡。路，似有似无。嘉庆喘息起来，速度也慢了许多。雨，又飘起了雨。满地鲜苔，落英铺道，路更加湿滑，向导每走一小段路便会停下来等待他们。几个小时之后，他们终于到达了一处小草坝，疲惫地倒在地上，连呼吸都省略了。嘉庆闭上眼睛，想着守卫着神山的雅鲁藏布江，奔腾怒吼中密布着一处接一处的险滩，江水喧嚣的蒸腾，江面数米高的地方，凌空漫舞着惊涛击石后腾起的水雾。极致的美，往往与死亡比肩。她说。

晏生看看她说，可越危险就越迷人，这是欲望，欲望让我们视死如归。

渐渐地，雨停了下来，天也开始放晴。西藏的雨便是这样，来的时候悄无声息，去也去得安静。他们继续前进，经过一片长达几公里的杜娟花海，一直向上走。雾越来越浓，似在云中行。时至傍晚，他们抵达了一个有奇石林立的宽大平台上，雪山扑面而来。她随手掐下一朵白紫色相间的花，戴在头上。

它叫巴鲁苏鲁，每年藏历的五月十五，我们常拿它来煨桑。向导说。

煨桑？她问。

是藏族的礼俗，格萨尔王为了让神助其降魔灭妖，定在藏历五月十五煨桑祭神。晏生一边说着，一边看向导熟练地点燃一堆湿柴。温度在瞬间腾起。她想起昨夜自己无论如何都无法让潮湿的木料燃烧，心生尊敬——对抗自然的能力，从来就不是人人都有的。

今天我们住在这里，明天去那拉错。向导说。三人都不说话，只是各自休息。一天的超强度行走让他们的意志消沉到底，没吃太多东西便裹着睡袋躺下。一片宁静。只有不远处考察队带着的马匹脖颈上的铃铛声还响得清脆。她闭上眼睛，又多了许多想念。思念是太脆弱的东西，不能碰触。稍稍地不留神，就会肆无忌惮无休止地漫延，如同高原的阳光，深入骨髓。

梦。一夜之间。苍茫的原始森林尽头是一片宽阔的园地，魁伟的树带着凛冽的骄傲直指碧蓝的天。一些熟悉而友好的笑脸迎着她的目光越来越近，她看见顾北牵着凝安的手向她走来，却发呆地站在原地凶狠地咽着唾沫，不能移动脚步。嘴唇撕裂，流淌黏稠的血腥。她的白色纯棉床单，温柔地擦过潮湿得有些发霉的皮肤。抚慰恐慌而绝望的心，纯粹而熠熠生辉。

她努力想要抬起眼皮看一看，看看她将来的日子，要怎么过。漫长而漫长地存在着，日子该怎么过。终究会习惯的，她想。习惯日子缓缓经过，带着细细的、如同发丝被拉扯一样的痛。发丝被扯个精光，双手遮挡着光头，心一样痛。心痛，何其轻微。微不足道。

她被叫醒时已经天光大亮。早饭后，他们收拾好行李，带走垃圾，向那拉错走去。不长时间便到达湖岸上沿，看一汪晶莹剔透的蓝落在雪山下。沿绝壁下至湖底，海拔4300米。进入七月以后，是那拉错的丰水期，他们沿着湖边细致地走。很远的地方，一对男女安静地坐着，看着湖面出神。风适时地吹，乳白色的雪雾袭来，细细地落在身上，让人透不过气却又莫名欢喜。湖上气象万千，云雨风光，似天之开合。湖头，南迦巴瓦骤现即隐。

向导用不大的声音说，它是南迦巴瓦的眼泪，不能大声说话，惊扰了神，神会哭泣，天就下雨。知道那拉错的游客少，因为它藏在深山里。就算是我们当地人，也只有在祈愿、看管牧场或挖虫草的时候才会去。以前有猎人来过这里，但由于是神湖，不敢杀生，也就再没人来了。它的东北方向，就是南迦巴瓦，因为挨着旁边的那拉峰，所以大家就都叫它那拉错。那拉峰是南迦巴瓦九个山峰中最西边的一座。从那边的垭口开始，翻过那座山，就是墨脱。向导指着那拉错东北边的垭口说，这里的水，能治病。我们当地的女娃们，来这里转湖，将手伸进湖水里，祈求神赐一个孩子。要是得了皮肤病，打水起来回家，用湖水洗，就能治好。不能在湖里洗，不能……只能打水回去。他干裂的手，一直摆动，告诉他们关于禁忌的事。

该走了，该走了。要下大雨了。向导说，以当地人长久观天象的经验告诉他们。他们跟着向导一路返回，经过一个海拔4000米的山脊后，路径便与来时的不同了。途中有天然乱石小径，鲜苔、大木，极尽清幽。海拔3800米，一个林木环绕的小草坝，牛马三两只。往下走，便进入了格嘎沟所在的森林峡谷。他们中途休息了数次，终于在傍晚，到达了终点的观景台，海拔3175米。

我想喝一点可乐。嘉庆说——她很少喝碳酸饮料。忽然就流泪。终于走完了一段漫长的路，如同很长的句子，读到了句号，有闭气很久最终释放的淋漓畅快，却又失落。她卷起裤管，将包裹住小腿的细长布条慢慢除去。腿有些发胀，微微呈现粉红色，缓慢轻柔地用手按摩一段时间，然后放下裤脚，走进住宿的小旅店躺下，看着窗外。花，一样的开，树，一样的绿，太阳，一样从窗户的左边到窗户的右边。蒲公英在天涯海角都有，也在天涯海角都一模一样地飘。但又时时有新事。这一件与那一件事，都有不同。就像一样地老去，却有不同的老去方法。

我从不寂寞 因为有寂寞一直陪着我

凝安……凝安……你会爱我的是么？不离开。

嘉庆离开两年后，我高中毕业，考上北京的一所大学，那个时候我并不知道，我正要前往嘉庆所在的城市。母亲拿着我的入学通知书看了又看，最后流着泪说，走了走了，都走了。我明白她是在说父亲，嘉庆，还有我。我问母亲，嘉庆的父亲在找她么？

母亲说，一直在找，人都老了，头发很白，经常坐在楼下发呆。有时候抓着过路的人问有没有见到嘉庆。我很想跟他说点什么，可我也不知道嘉庆现在到底在哪，或许当初应该把她送回家去。

那她会没命的。我说，嘉庆还有一个姐姐呢？叫顾北。她在哪里？

姐姐？没听说过，也没有见到过，或许不在家里吧。母亲说。

我走回房间收拾行李。墙上寄生着种种不堪，开出灰白色的花。蔻丹涂抹遮蔽幻觉，无谓平添旧事伤痕。渐生繁芜潋滟，若病态的空浮，细软发丝背后吟唱怎样的绝望。现世的伶仃总是凄散，有谁知晓爱的深浅。抹去旧事，期待着离去，悲喜未尽。为何迁回往复，我只盼轻轻抽出深刺心中的匕刃。

一月，她还没能出现在我面前。二月，她已睡在了我的房间。三月，她穿起母亲的旧绣花鞋，双脚纠结。四月，蔷薇，遍地蔷薇。她折下一支，夹进书页。五月，下起了大雨，我们面对面坐着，彼此微笑，很快便到了六月。六月，手牵手站在操场看绚烂的太阳。七月，她在耳边轻声唤我，又撕咬。八月，就是八月。八月，我疼痛难捱却守口如瓶。九月，她对着镜子说，眉毛就要掉光了。十月，她总提到顾北。十一月，她没有说再见便离去。我看着空洞的房间，看着看着，便看见了十二月。十二月，很冷，下起了这许多年来她一直期盼的雪。

飞舞的记忆，跌破的碎镜，都可看清你面容，一寸，一片，一尺，一块。十丈红尘，未能湮没你眼神。逃避你的怀抱，又不禁偷看。偷看蔷花光鲜时的美惠，颓败时的污秽。容许在这晚上，唱响骊歌，乐如儿歌。什么时候你来过，你去过。燃尽烫手的旧照，都搁置在迷茫的滩涂。

九月初，在我就要离开家的时候，收到了嘉庆寄来的信。信封很脏，看邮戳是从西藏寄出的，但无具体寄信人和地址。只是在信封右下角有很小的两个字：嘉庆。我拆开信封，拿出两张带有檀香味的信纸。

凝安：

我在西藏，与把我从家里带走的、叫方染谷的男子一起。不是长久地居住，只是旅行。但如果可以，我想以后我会再来，来了就不走了。我要给自己编织一张竹子做的床，可以容纳微薄的、五毫升的喜悦。再收养一只流浪的野猫，种几株向日葵，我抱着一台旧式收音机，日日在阳光下静待四季轮换。你若在我身边，我们便一起。我现在在这里，这里繁花遍地，成群的牛羊在苍穹之下，安然好似静物，蓝色的湖水里盛开着白的云，倒影悠晃。我常听见遥远的地方传来牧人的歌声，那个时候，我便想你。我知道你也在思念我，无论你在哪里，日后我都会找到你。没有谁能真正把我带走，哪怕是我信以为真的感情。我一直以为，爱着我的人，早已在某个兵荒马乱的午夜，穿着蹩脚的马靴趔趄着逃离了，把我独自留在寸草不生的地方。

记忆里有那么一个淡绿色的礼拜三的下午，我坐在家门口，揉着眼睛等你下课回来。你从我眼前走过，你对着我微笑，却不走进家门。我奋不顾身穿越时光去寻找，却转瞬即逝，甚至比不上一抹青烟那么久。我想这也许只是一个梦，因为我太思念你的缘故。在梦里，时间莫名其妙地多出了很长的一截。像是童年时母亲从一堆鲜艳的衣物中探出一个脑袋、呼喊我名字的那一瞬，像是站在窗前将手掌摊开举在空中，被阳光照耀的、苍白的掌心纹路，像是躺在冰凉的床褥上，像是你在黑暗的日子里与我静心对峙之后留下的空洞，像是没有等待的冬季。

两年之后，我已经忘记了当时的自己，也忘记了你。在长久的思念里，我赋予了你新的名，叫幻觉。你穿着五彩斑斓的光阴缝合起来的衣，随着我的孤独愈加膨胀成逼真的影像。在这影像里，你可以轻而易举地摧毁我抚慰我撕裂我取悦我。我欣然接受幻觉所带来的一切，不再盼望无解无垠无声无聊的世界再给我答案。它早在很多年前，就在打了我一记响亮的耳光后，肆意践踏起我的善良我的幼小我的童真我的梦想我的期许。还剩下些什么呢？当匕首刺穿身体，血液奔腾扩大成无限漩涡的时候，它绕过眼角眉梢，吞没了一切。很久以前，幻觉是我所有的晴天和惊蛰，而我爱它，用尽了那如皑皑白雪般透彻的心。现在，它就是你。

我想要一个清冽而晴朗的早晨，一只微熟却还青涩的苹果，一枚酒窝，一个可以长眠不醒的梦的王国。我是蛰伏在海岸线旁的飞虫，每每蠢蠢欲动想要飞行却终究惧怕风浪。而你，凝安。你是遗落在沙漠的种子，靠近你心脏的地方有暗黄的风沙和对生命的向往。可你看我，我眼已低垂，暗蓝成疾。

但你不知道我，但你从不知道我。不知道我与你一样喜欢陈旧的木质家具散发出来腐朽的气味，不知道单行道上也能走出情节，不知道我遇到过多少喧哗的、潮湿的、决裂的、色欲的、癫狂的人，不知道我在无数个路口的张望，祈求救赎，不知道我口袋里的硬币朝上的是人头还是字。不知道，不知道我是怎样地爱你。

于是，我常写信给你，投递到没有收件人没有地址的梦境中，然后静静等待，等着看时间是否会将我榨干成灰绿色的粉末。被风一吹，便散去。到最后，只留下一枚黑色的邮戳，证明我曾经存在过，在你的心里，在一望无际的长河中。

会寂寞么？我从不寂寞，因为有寂寞一直陪着我。

你的嘉庆 于西藏

我看着嘉庆写来的信，温柔缥缈如诗一般，有一些话竟是我完全看不懂的，那信里，只字未提起她的离开。回忆抽丝剥茧，安静地落。恨不得比一棵树还安静，比任何植物都沉默。我闭上眼睛，期待像嘉庆一般出现幻觉。我想嘉庆说对了，我是真的不知道，不知道这两年，她究竟活成了谁的模样。而我，只是揪住那些心疼的感觉不放，在过气的老歌里，等待她回来。过气么？我毫不在意。早就应该过气了，过气的人听过气的歌，很合得来的品位。只是过气的歌一唱起来，总是百转千回。怪也只能怪我自己始终使着悲伤的小性子，不放开。

我们的脑子里都有那么几首，和自己的青春绑在一起的、被人说成是过气的歌。

颀北说

我们都在绝望　　却各有各的不同

可以是爱 可以是宗教

他们回到拉萨之后，方染谷因为工作的缘故要赶回北京，嘉庆却坚持要多待一段时间，便留下。她仍旧住在之前旅店的双人间内——一个人住，这是方染谷走时唯一的要求，让她不与旁人同住，并留下足够的钱给她。每天清晨，她很早便起来，到街上吃一点四川人做的早餐，再从旁边的小卖店里买一盒八块钱的上海红双喜烟，然后返回住处，攀着梯子上到顶层的露台，长长久久地躺着或向四周看去。她常在天色微亮的黎明，看到面色苍白的顾北坐在离自己不远的地方，与花草、蚂蚁说话。她想或许是因为自己太思念顾北的缘故。她与顾北，自小便懦弱又孤单地一起长大，一首歌要两个人唱才能唱完，否则其中的一个总是因为记不住歌词而哑然失笑。她以为，顾北便是另一个自己。很多时候她都希望有人能够带走某一个自己，然后任凭另外一个放肆孤寂地成长再苍老，长得亦正亦邪也无所谓，只要能畅快淋漓地活着。

一日她吃完早餐走上露台的时候，发现晏生已经坐在那里了。她先是一怔，然后走到他身旁，坐下，将头轻靠在他的肩上。他轻微地颤动了一下肩膀，想躲闪，却终究还是任由她靠着了。回到拉萨，她便没再见到他，起初以为他已经走了，却不想他仍留在原处。

你还没有离开？我以为你早就走了。她问。

再过几天。他答，你呢？

染谷走了，有工作要忙。我过些天吧，不想走。他们声音微小，好似呓语。

嘉庆，你知道你有些与众不同的地方么。

嗯，或许吧，每个人都有与他人不相同的地方，否则便无法成为一个独立的个体。她始终闭着眼睛。

我是说……晏生极力思考着如何把话说得婉转而不突兀，你睡熟的时候，时常撕扯，将在你旁边的人的身体抓伤。你在做噩梦么？

我……没有……我不知道这些。但如果你这样告诉我，我想那都是真的。因为染谷与之前凝安的身上，时常伤痕累累。我问起他们究竟为何会这样，他们都避而不答。现在想来，那些伤都是我造成的。可我却一无所知。会痛么？好像也会。但我真的不记得，或许是习惯了吧。长久地痛着，早就将我与这个世界隔绝开。只有顾北，与我同生的女子才能明白，这痛的萌芽、生长，后来又茁壮，坚韧，是一个怎样的过程。那感觉微凉，松软，近乎舒服。我的身体与这些痛纠缠在一起，应该说是缠绵交织着，你知道……比任何情人间的纠缠都更深更内在。她仍旧安静地靠在晏生身上，好像在诉说与己无关的一切。

凝安是谁？晏生问。

我被父亲毒打逃出家后，长久地住在她家里，与她和她母亲一起。她的父亲，早年因为强奸，一直被关在监狱里，她便与母亲相依为命。她说她的父亲因她是女子，并不爱怜她，但我想总是好过我的。与她在一起的那段时间，安静又美好。我们时常手牵手走在路上，轻声交谈，像自己与自己说。她不是聒噪的女子，对我又喜爱。我常以为，我们是亲生的两姐妹。那段时间，我看起来一天比一天随和温顺，能够长久地接受日光的照射，能够与便利店的店员寒暄上几句我一点兴趣都没有的话题，也可以在她下课后的礼拜末牵着她的手拼命奔跑，又或者与她一起种上几株小小的盆栽，节日时帮她在卡片上书写一些简单而温暖的话做馈赠。她很美，是我见过的女子里最美的——是那种典型的南方女子的轻柔。

你爱她，是么？那染谷呢，你爱他么？晏生小心地询问。

凝安……我不知道自己是否爱她，有时候越是靠近心脏的血液，便越流得隐蔽，让人无法察觉或感知。但我时常想起她，想到她在毫无准备的情况下失去我，会有怎样的痛。我想我是了解她的，她深深喜欢着我这么许多年来一直不受欢迎的特质。而我，也因为她，开始正视这些特质。染谷，我不爱他，我总是无法让自己爱上他。他把我从凝安的家里带走之后，我的身体变得比以前更凉，好像落日里的吊兰，低着头无奈地看着一切。他常在与我做爱后痛苦地抽泣，起初我受了一些惊吓。待习惯之后发觉，他下坠的姿势很美。她这样说的时候，将头从晏生的肩上移开，放在自己的膝盖上。她觉得自己的脸上爬满血蛇一般的疤痕，牙齿残缺，一颗一颗地掉落，奇丑无比。她知道自己不该说这样的话，染谷早就说过她不爱他，但她从未说出口过。她指尖震颤，从内里，她也不知道有多深的内里，痛出来。

他说，嘉庆，嘉庆，不要再纠缠，不要再在体内自相残杀。你所经历的一切，或者本身就无关于感情，只是缘自一场场变故罢了。这是个心灵蛰伏的过程，你会度过，半年，一年，也许更长，不易被唤醒，但终究会过去。很多年以后，你也许会忘记那些青春，那些昔日的情仇。像一个半大的孩子一般戴着大绒帽在雪地里奔跑，那孑然一身的姿态宛如一片六角的雪花。

又或者不会。她说。

他说，如果无法忘记，那便学着接受与谅解。我深信唯独这样，才能更加勇敢和坚韧。现在我们应该去晒晒太阳，哪怕是躺在硬邦邦的草地上。只需要一点微不足道的温暖，花朵便能绽放。

她说，现在还早，太阳一会儿就毒烈了。没有草地也好，躺在这里便好。我常做梦。有一天晚上，就是我们在峡谷里的一天晚上，我梦到了你，晏生。在梦里，我站在胡同最里面的屋子里。看到你来了又走，我站起来跟随你，你对我拼命地摆手，示意我不要跟随。屋里的圆形木桌的桌脚边，还有一些灰黑色、看上去很脏的木屑，就好像你当时注视着我的眼神，没有一丝情感。我不肯听你的话，追着你走，手里拿着红色的塑料袋，灰色的麻绳，想让你把我捆住。胡同里的老人告诉我，若你爱的男子将你层层捆住并抱起你走，就能走向永恒的天国。于是，我死死地抓着那些用来捆绑的绳索，最后却弄疼了手臂，弄花了眼睛，弄断了手心的纹路和归途。我问你为什么，为什么我还没有抵达老人所说的天国，为什么我身边的昆虫都如同染上某种可怕的流行病一般纷纷死去，为什么星月不能构成传说的一部分，为什么我在纷繁的超市里左顾右盼却仍旧感觉如若置身荒野一般苍凉。你便笑，笑的时候抚摸我的头顶。你说我所困惑的问题，都是让人无法言说的秘密。就好像你童年时，见到美丽的女子便会脸红，紧着脚步走开。追究这些问题的本源，本就是令人耻笑的事情。倒不如趁青春还在、容颜未老之时，继续戴着虚伪的面具，走在独自撕心裂肺的路上。

嘉庆，你刚才说什么？说你爱我？他说。

她说，也许吧，在梦里，我爱你。可以是爱，也可以是宗教。我很想去看看耶路撒冷那些膜拜的人们，看他们是如何虔诚地走向心中的归宿，即使失去生命。她忽然觉得胸口窒息似的沉闷，便停下来喘气，无法继续谈话。晏生轻轻拍打着她的后背，她低下头，看着大片脚下的城市，几乎流泪。

她紧紧抓住晏生的手，手心沁出一些汗。巨大的虚无感。晏生将她抱在怀中，微小的欲望在日光之下熠熠生辉。他想起她赤裸着身体走入格嘎温泉的时候，那是他第一次窥视到她的身体，同时又想躲避开她。她的苍凉，令人难以抗拒的苍凉，弱小又固执。不尖锐，缓缓地，调情一样地痛。

做一个好看的女子　并且相信海誓山盟

晏生，我们一起去街上好么？第二日，她走进他的房间，邀他一同出行。

他们并排着走。从八廓街的一个小胡同口进去，曲曲折折走向腹心处，里面竟有一间很小很小的寺庙。整间庙都被朝拜者点燃的香熏成黑灰色，又泛着酥油的光亮。很多时候，颜色是能够记载历史的。晏生说。他们走进去，拜一拜。那里除了当地的藏民，没有任何游客。寺庙的对面，是一栋大约三层楼高、类似城市里筒子楼式的建筑。沿楼梯上去，家家户户都开着门，每层都住满了人。有普通藏民，亦有僧侣，很足的生活气息。他们顺着狭窄的梯爬到楼顶的露台上，便能清楚地看到大昭寺金碧辉煌的顶。一些皮肤黝黑的藏民抬着头望他们，大笑着挥挥手，又或双手合十虔诚地拜。

你看这里，没有游客，也不收取高额的门票。他说。

嗯，他们都正在大昭寺看悉达多太子十二岁等身像和价值连城的天珠，很难发现这样的地方。她有些嘲讽地笑笑。

他说，你去过么？大昭寺。

去过了，逃票进去的。早上八点二十，夹在进香的藏民中间。不够有诚意，因为没掏腰包。她有一搭没一搭地说。

嘉庆，你多大？他问。

二十出头，就已经活成了老者的模样。她说。

他说，我二十岁的时候，在读书，医学院。我现在的妻子是我中学时的同学，我们一起考了医学院，但在不同的科系。一直到毕业，各自分配，然后结婚。日子过得不瘟不火。她在骨科做医生，时常有截肢的病人。她常说，断肢最可怕的并非断肢本身，真正的困难，要到尝试着重新站起来的时候才开始。因为要适应戴上假肢的生活，而戴假肢不是每个人都能适应的，有可能引起皮肤发炎、伤口破裂等令人难以忍受的疼痛。苦难，总是来得太快走得太慢。学着适应又不是一件容易的事。

戴假肢的人，要如何适应失去了腿和脚这种事情？她问。

作为医生，总是要不断告诉你的病人，你会慢慢习惯的，尽可能地帮助他们的心理和精神放松下来，尽管知道这过程痛苦非常。她说那些住在病房里的病人，躺在床上，需要翻身的时候，就用手抓紧床头，借助手臂的力量将身体翻成舒适的角度。截肢的病人，多有幻肢症，就是以为被截去的肢体还完好地长在身上。严重一些的，夜晚起来上厕所，半梦半醒间，完好的脚与假肢一起着地，然后重重地摔在地上，有时会摔得伤口裂开，绷带上都渗出血来。待神智清醒后，才意识到，早就已经没有脚了，腿上的重量，不是皮肉本身的，而是假肢的。

会哭闹么？

这是必然的。但丝毫不能改变什么。他说。

你为什么选择学医？她问。

他说，这并不是我刻意选择的，我父亲是精神科的老教授，我也只能算是子承父业吧。我母亲是位老师，教初中数学。我小时候以为与那些精神异于常人的人在一起，是很新奇的事。你可以了解他们的脑子里，有多么稀奇古怪的东西，是你一辈子都想不到的。可后来我才发现，并非我想象的那样。对一个人的伤害之深，只有被伤害的人才会知道，无论外人想怎样走进那个被伤害的世界，都是不可能的。那痛苦似乎很微小，那么微小，却无法湮灭，一直存在着。来来回回地，轻微又缓慢。你知道痛久了之后的感受么？

好像，一种微醉的心情。来临的时候，带着如沐春风般的畅快淋漓。走又走得悄无声息。我想我的意识很清晰，我能够形容那是怎样的感觉。好像……焰火炸裂向四周绽放而后坠落一样痛，像被滚滚火舌舔着肌肤一样痛，像被马拉扯着身体奔向不同方向一样痛……然后，一切都毁灭了。皮肤、肌肉、脂肪、神经、骨骼……它们四分五裂，就这样，痛。她说。

他看看她说，或许吧。只有痛的人才能体会。嘉庆，回到北京，你来找我好么？

嗯，好……可是去哪里找你？

医院。

她说，我已经严重到需要接受精神病医生的治疗了么？

他说，不是治疗，也不是病。你知道，很多人都会因为遇到一些意外的事情精神紧张但得不到正确有效的舒缓，我只是要帮助你缓解这些而已。你会是我最珍贵的“病人”。你应该做一个好看的女子，并且相信海誓山盟。

晏生，晏生……她低声说，我愿做你的病人，无论是否珍贵。我知道，是什么在牵引着我。心里有声音，只是久已不发出，像是……我该怎么形容……像岩石缝隙里流淌而过的水流，自知退守、隐蔽与隔绝。我时常想起那个南方小城的名，想起我死去的母亲和毒打我的父亲，待他要死去的时候，是否会千方百计联系我，让我去见他最后一面。有很多事情，在你面前发生、经过又消失，一再被提醒。那感觉像是在一条绳的同一个位置打很多个死结，解也解不开。于是阻塞了通路，一直哽咽下去。

嘉庆，你会好起来的。以你的方式。他说。

他们一同去罗布林卡路的西藏博物馆，交谈着并不重要的琐事。

走 不得不走

她走，不得不走，她只是这样知道，却不知道理由。她想他们还会见面，为了治疗她的病。只是为了这样一个理由，可能有些单薄，但也足够了。

他们订了同一班飞往北京的航班，一路沉默。到达北京机场后，他拥抱她，在她耳边轻轻地耳语说，你来医院找我。她点点头，上了与他去往不同方向的机场大巴。

她回到她与方染谷的家，打开门。屋里很静，没有人。她并未向方染谷提起自己何时返回北京，也没有要求他去机场接她。她把行李扔在离门口不远的地上，踢掉脚上厚实的鞋，边走边将身上所有的衣服脱掉。然后走进浴室，打开淋浴。她看着浴室镜中的自己，二十几岁的脸孔，皮肤因高原曝晒而微微泛着黑红，很好看的麦色。眼波流转之间，温热的水顺着眼皮滴落，尽是健康明媚的颜色。她站在水下，无法用鼻呼吸，粉红色的细薄嘴唇微微开合，水珠荡漾，好似花开花落。这样的女子，未老先衰。她想起那日赤裸在染谷与晏生面前，他们该如何抗拒。或许根本不想抗拒。任由她黑色的发芬芳，修长的双腿缠绕住脖颈。

她畅快地洗了个澡，赤裸着身体站在房间里，不久便有人敲门。她知道是顾北来找她了，毫无遮掩地打开门。

你回来了。顾北走进屋里，坐在她惯常坐着的阳台外飘窗的大理石上看着嘉庆赤裸的皮肤。

嗯。这段时间你去了哪里，为何皮肤与我的一样黑，我在拉萨，常见到你的影子，我以为那便是你。嘉庆说。

你知道的，夏季，哪里的太阳都一样毒，一样热。顾北说。

她便点点头。这段时间，我认识了一个男子，叫晏生，顾晏生，精神科医生。单眼皮，嘴唇很薄，话不多。染谷走后，我与他一同在拉萨，待了一阵。我会去找他，以精神病人的姿态，去看病。

任何借口都能转化为疾病，只要你想。顾北说，为了找他，你便认为自己病了？你想怎样就能怎样么？小心到头来，迟早被打回原形，你看梅艳芳。

然后又问，你见到方染谷了么？

还没，他不知道我回来，晚上便能见到了吧。嘉庆一边说着，一边将旅行包里的脏衣物取出，按照深浅颜色的不同分开，先将浅色的塞进洗衣机，按动旋钮。之后，她从角落里找出覆盖了一层薄薄的灰尘的吸尘器，插上电源，打开开关，吸尘器发出呼呼的声音。她便再也听不到顾北说些什么。保姆很久没有来了吧，应该叫来打扫一下房间。她想。

顾北说 我们都在绝望 却各有各的不同

我与嘉庆，不过在拼命追寻着那么微小、几乎感知不到的分别，以证明我们各自的存在——她喜明亮，我偏爱阴霾；她喜欢长久的站在淋浴下将周身浇灌，我喜欢皮肤干裂、疼痛无处不在；她赤裸着身体行走，我将自己包裹的严严实实；她爱各式男子女子，我只爱她。我从不说我们有所不同，以为我便是她，她却知道，她是她，我是我。顾北想。

亦有更多的相同吧。都与破裂有着千丝万缕的关系，尽管破裂的方式不尽相同；不厌其烦地重复同样的事、同一句话、同一种痛，并将此种种变成无可抗拒的欲望——只有她们才共同拥有的天性；偏爱所有近乎“不可能”的细枝末节，譬如天使折断的双翼，布满裂痕但尚未支离破碎的玻璃，将凉未凉的水，近乎枯萎却仍在垂死挣扎的花；熟悉一切古典和现实中的规则，想方设法地破坏它们；“如果重新来过……仍旧没有什么不同”每日醒来便这样想。

我们是完全不同的两个人，我四处都是裂痕，而你没有。嘉庆常对顾北说。

你看看你的半张脸。顾北把嘉庆拉到镜子前，将她的头别向左侧，镜中嘉庆的半张脸细嫩、清瘦，隐约看得到蓝色的血管。你再看看我的。顾北将头别向右侧，露出左边半张脸，那是与嘉庆的脸看不出任何一点分别的肌肤。这就是你我。失去另外一半便会觉得痛。

与嘉庆交谈，令她时常感到口渴。但她没有喝水，只是点了支烟。她将浓重的烟雾自口中轻柔地吐出时，目光有些忧伤地看着镜子。镜子里明明就是嘉庆的脸，却怎么活生生地装在了自己身上。她召唤着嘉庆送她的生日礼物——一只拥有雪蓝色眼睛的哈士奇犬，她叫它Sorry。Sorry听到她的召唤，静静地走过来，匍匐在她的脚边，抬起头，魂魄一般地，望她。她蹲下，抱住那条体型很大的狗，任它斑驳湿热的舌反复地舔着自己的脸。她知道，有外人在的时候，她与嘉庆总会有一个不在场——嘉庆说她是可怕的人，不声不响便做出令人惶恐不安的事情，于是便拒绝出现在有她在的地方。

那是因为有一次，她们还是孩子的时候，她把刚被父亲毒打完的嘉庆连拖带拽地扯进小花园里，将自己养的一只小猫吊死在树上，然后痛哭着挖了一个小小坑，将那尚未冰冷的小尸体埋葬。嘉庆站在一边看着，惊恐地瞪大双眼，只是无法尖叫。你是这个世界上，最可怕的事情。嘉庆说。

她看着嘉庆身上的乌青积攒成烂桃子的大小，伸出小手轻轻地在溃烂的皮肤上涂抹上一层又一层云南白药，然后吊死了自己的猫。她有些沮丧，自己只是热情而已，嘉庆却以为这是可怕的事。她的热情，好像一种绝望，绝望地令她既无法控制自己，亦无法得到别人的理解。她想自己并未做过什么太过火的事情，她只是想做一些能令嘉庆开心地忘记身体的疼痛的事而已，却惊扰了她，让她更加痛。于是很长一段时间里，嘉庆面对她时都显得极为不安，好像见鬼一般。渐渐地，她便悄悄地，只在无人之时出现在她身边。

她记得嘉庆曾这样形容过自己：她总是带着极大的绝望的热情，对着某一处阴霾的地方说话，无论她的面前是否有人又或者有多少人。她的房间，没有杂物，甚至废纸桶里连一张废纸都没有，干净得让人心碎。她时常站在旧时的东关大桥上，等待幻灭。她将自己包裹得滴水不漏，好像那身体是一种禁忌，若要打破，便要接受严酷的道德考验。

而这些，我都没有。嘉庆说。

我们都在绝望，却各有各的不同。你在找寻的，只不过是一只蚂蚁与另一只的不同罢了。顾北说。

真正的自由　与是否能随心所欲有关

坐上火车一路向北。接近北京的时候，渐渐繁华。遥遥的各色建筑物，错综的铁路。我想象中的北京，不过是车外一闪而过、流动着的风景。街灯、高楼、鳞次栉比的店子、梧桐树，喧嚣多姿，而我，只是个看客，不动心亦不动情。

在办完了学校的全部注册手续之后，我搬入了有些破旧的寝室，在靠窗的床位安顿下来。寝室的窗玻璃很亮，推开窗，迎面是篮球场。那里聚集着很多年轻的男子，笑语喧天。我站在楼上向下望去，整个世界就只剩下他们那分辨不清的笑语，连天色都很遥远。因为这扇窗，这些毫无理由的欢笑，我开始觉得有些落寞。我记忆里的窗——家里的窗，向外打开，有丰富而安静的世界，体贴且温柔。我忽然渴望这样柔和的一扇窗可以出现在寝室里，出现在这住了八个年轻女子的窄小房间里。这种渴望就好像深埋在黑暗的泥土里期待阳光的种子，挣扎，生长，破土而出。我听到一些细嫩的笑声，回头看去，是同住的其他女子陆陆续续搬了进来。见到我，笑笑，报自己的名。我回以浅淡的笑，亦报出自己的名，而后坐在床边，呆呆地看着她们愉快地收拾行囊，死心塌地地在陌生的城市里安家。

凝安，凝安……木讷中听到熟悉的呼唤，我循着声音望去，一个高挑的短发女子正看着我。我注视着她，她的脸上有年轻而又热烈地渴望着生长的女子的笑容。我叫简一方，她说。我冲她点点头，有些不知所措，看着她在我对面的床位安顿下来，利索地收拾着自己的物品。我举起握在手中的镜子——连我自己都不知道，我是何时将镜子拿在手中的。镜子里的自己，越发变了模样，以急剧而痛苦的速度生长着。

在正式开课之前，我还有一些时间用来了解这个陌生的城市。这个城很大，远超过我的想象。我与一方坐在公交车的最后一排，从一个地方到另一个地方，常常一坐便是几个钟头，阳光从午后的毒热渐渐散漫直到消退，似乎穿梭了好几个时空。我们坐在红白相间的老式公交车的最后一排，双脚蹬在前排座位的边缘，以便我能够抱住双膝，将头放在膝盖上。公交车从城市的西边开向北边，终点站旁边有一个安静的街心公园。司机开得很慢，一路走走停停，车子似乎刚刚发动，便到了站。停下，开启车门，并没有太多人上下车。再慢吞吞地前进。汽车穿过蜿蜒的公路到达终点时，日线已将近沉没。我的眼里，尽是风景。缓慢地站起身、拎着马扎回家的老人，背着小书包一路熙攘而去的孩童，下班的人们脸上疲惫但满足的笑，以及风吹起的声响。我们走进公园，鹅卵石铺成的散漫步道，松柏树，干涩的松果。一切，不依靠幻想完成。没有人在意高层建筑密集的市中央，需穿着得当并有合适的精神状态。一些路灯。小树林。没有人的傍晚。等红灯的路口。书店和卖衣服的小店。小事总是闪着光辉。某些时候，将身体与心思投掷在安静的风景中，沿途捡拾起好似旅途的感觉，也冲洗了心情。

一方话不多，只要我不开口，她便不言语，只是伴在我身边。天很黑的时候，我们沿着街道走回学校。药房闪着霓虹灯，但已经关门了。最后，我们走进图书馆。从图书馆的窗子望出去，看跌下来的黑色天空。太晚了，她说。

我有些想念家里的肉松配白粥。我说。总归要鼓励自己，不厌其烦也理所当然的。不该在雪地里拖拽出关于夏天的记忆。彼时微温的情绪，旋转着旋转着，便走失在了视野里。当下自有当下的乐趣。要各自珍重，好好地走路。

这个城市偶尔会下一点雨，不多也不大，有些冷。下雨的时候，我的心便会起伏不定。尤其是清早，一方“凝安，凝安……”地唤我起床的时候，我便更难让自己平静下来，如同念起心经：凝安……凝安……你会爱我的是么？不离开。像这样轻声重复我的名字两次，中间有些许间断，除了嘉庆，一方是第二个。打开昆德拉的小说，试图用阅读驱散煎熬，犹如大病之中很艰难地吞咽一些流食。阅读，一直都是我生活中极为重要的事。

下午，我坐在学校林荫道的路旁，看一张张朝气的脸来来回回地过，心里便会产生千百种念头。给母亲写封信吧，询问一下家里的状况，顺便打听看看是否有嘉庆的消息，翻翻崭新的课本预习一下即将开始的课程，亦或去找份不耽误上课的零工打。还是去逛逛？故宫，颐和园，天安门，长城，天坛。来了之后还都没去过。千百念。远远见到一方向我走来，异地伤情。我们一起向寝室走去。在经过那片篮球场时，她牵住了我的手，让我陪她一起看着。球场上的年轻男子们——我素不相识的学长，穿着极利索的跨栏背心和运动短裤，奔跑呼唤着。皮肤上沁出的汗水，被阳光照射，闪着迷人的金色。除了父亲，我从未这么近距离地站在异性面前这么久的时间。

我们走吧。我说，然后低下头，看着脚上的白球鞋。

等等。她握住我的手又紧了些。目光却一直落在球场上的男子们中间。我站在她身边，觉得满手都是泪，想挣脱却又无能为力。于是便向很多地方张望，只是不看那些男子。

一方说，你应该尝试在每一个小小的细节里增加一些热情。比如阅读的时候最好听合适的音乐，累了便停下来玩一些纸牌类的小游戏。游荡的时候，也可以适当停下脚步，看看周遭的人都在做什么。忘记那些非你所能控制的事，只要专注于那些尽在掌控中的小细节便好。这样才会得到自由。

然而，真正的自由与是否能完成掌控中的事情无关，而是与是否能随心所欲有关。

他们睡在镜子旁边 直至死亡将他们分开

嘉庆没有打电话告诉染谷她已经回到北京，也没有叫他回来一同吃一顿晚餐。已经很晚了，染谷还没有回家。她在楼下的小饭馆简单吃了半盘蛋炒饭之后，回到房间，关上灯，和衣躺下等染谷回来。天气凉了。蝉鸣早已消失，就连鸟儿啾啾地叫声都越来越稀少了。她忘记了很多事情，比如推开窗，置换一下家中陈腐的空气。她感到身体正随着时间的流逝迅速而又真实地凋谢，好像秋天。这样看来，我早已未老先衰了，她想。

嘉庆从来不知道什么是诱惑，亦从未沦陷在其中过。她咬着嘴唇在黑暗中安静地等待。两年多，两年多。嘉庆和染谷越来越像，越来越近，彼此间的话越来越少。有时候以为对方就是自己，像照镜子，尤其是当她穿上他的衣服的时候。他们安然地睡在镜子旁边，直至死亡将他们分开。这世间的离群女子，最大的悲哀就是走进柴米油盐，最大的幸运也是回到柴米油盐里。嘉庆还不知道这一点。她亦步亦趋，或柔媚彻骨或孑然一身地由着自己变成不知道谁的模样。她柔媚，俗气又肤浅，到处都填满了人间烟火。她粗俗得有些单纯，常有些小小的心机呼之欲出，一眼便能看得通透。她孑然，在有意无意中拒绝世俗的媚，精心地经营着遗世孤独，心比天高。她食着人间烟火绽放，又食着人间烟火凋谢，深入其中，以此为乐，浑然天成。像一朵开在滚滚红尘里的花，肮脏混浊是美的所在。

方染谷打开门进屋的时候，她还醒着。有乳香。她闻到自客厅穿堂而过直抵卧室的、浓烈的乳香。还有高跟鞋踢落的声音，以及低沉的呼吸和高亢的欢叫。她轻轻地从床上起来，光着脚、支楞着双臂不知所措地站在地板上，等待客厅的两个人连滚带爬地进来，而后一头栽倒在床上，在她面前，做爱。她想如果是这样，她该说些什么。始终没有，始终没有。客厅的欢叫渐渐变成亲吻、摩挲、呢喃、呻吟和情欲高涨的对白。有吱吱嘎嘎的声音发出。她确信是那只沙发——它现在正发出与她和方染谷在沙发上做爱时一样的声音。她站在那里，一点都不想打开门走出去阻止外面的两个人。她安静地听着，然后微笑。

嘉庆，嘉庆……我实在爱你……我可以等……她听见方染谷说。声音有些混沌，不太分明，但她确定她听清楚了。

爱是什么？柔软的女子声音。

是等待，对我来说是等待……或者，是……忘记。或者……什么都不是……可能有，可能没有……她听不清楚了。她知道他们的唇缠绕在一起，以致他无法正常发声。

我很渴望和你结婚，她又听到他说。爱，绝对和婚姻无关。她在心里回答。

她是谁？我又是谁？女子问。

嘉庆没有听到回答。沙发的颤动声和女子的呻吟声变得越来越烈。

她伏在床上，开始呕吐。她尽可能让自己不发出任何声音，无声无息将所有秽物从胃里倒出。她觉不出一丝难过。她想起一个词。出卖。什么才是出卖？是否只有做爱才叫出卖？四目相对的温柔算不算出卖？想念算不算？感动呢？如果这些都是，自己早已出卖了他。她想。如果出卖是一种非我所愿的被动情绪，那在出卖他之前，她就已经出卖了自己。

她不知道自己究竟在冰冷的地板上坐了多久。或许很久，或许一整夜……直到外面不再发出一丝声响，死一样的安静，她才悄悄打开门，走出去。月光投射进屋里。她看见一个身材丰满的女子躺在他怀里。凌乱的发遮着脸，分辨不清容貌，只看到温润的嘴唇，不薄不厚恰到好处。高耸而柔软的乳房在月光下熠熠生辉，嘲笑着她的消瘦。阴毛精心修剪过，被剃成一根手指粗的线条。方染谷的一只手，握着那女子的乳，有些用力，手指深深陷进肉里。印象中，他似乎未曾握着自己的乳入睡过。他全身赤裸，他的生殖器与他一样安静地睡着，看上去很柔软，那么小。他的腿上有很多毛，肌肉结实。他没有哭泣。她想，在与其他女子做爱之后，他没有哭泣。她用舌尖舔了一下自己的唇。有些干燥。

还有理性与节制。她想。她走回卧室，关上门，推开窗，和衣躺下。她需要更换一些空气，将浓烈的乳香味抹去。

天快亮的时候，她终于睡着了，却被高跟鞋的踢踏声惊醒。她听到一阵琐碎的声音，之后“咣”的一声，房门被关上。她走出房间，方染谷还安静地睡着，丝毫未被吵醒，衣服乱七八糟地扔了一地，酒精的味道还未散去。她走回卧室取出一床薄被，盖在他身上。天真的有些凉了。外面下起了很大的雨。她忽然有些担心那个匆匆离去的女子，是否会被滂沱的雨淋湿。

他醒来的时候，她已经坐在餐厅里了。看到她，他的脸上马上显出慌乱的表情。你……什么时候回来的……该提前告诉我，我去接你。他说。

你的嘴唇，流血了。嘉庆说，我刚回来一会儿，看到你睡在沙发上，怎么不去床上睡？她边说边递给他一杯水。清晨，她在餐厅里放了几株小雏菊，以及报纸和温水，等待他醒来。她不打算提及昨夜发生的事情。

哦，昨天招待客户，喝得有些多了。他不看她，白色马克杯理所应当地挡住了他们彼此的视线——或许她也不想看他。方染谷喝着温水，她什么也不喝。

他们不咸不淡地聊了一会儿天，用一滴接着一滴的谎言掩饰着激烈的性爱场面。嘉庆忽然就笑了，笑得很由衷。满载着的谎言慢慢流到地上，在他们脚下汇聚成欢乐的小池塘。

今天我不去上班，在家里陪你。他走到她身边，把她拉进怀里。

不用陪我，在外面那么久，有些累了，我想好好睡一觉。她站起来，离开餐桌，从收纳柜里取出一把伞递给他说，外面雨很大，多穿一些，小心着凉。

他看看她，有些迟疑，却终究还是接过伞，换好衣服出了门。

晚上我早点回来跟你一起吃晚饭，他说。像是赎罪。

她点点头，送他出门。

究竟是先有蝶还是先有茧。肉体像蝶，感情不过是茧。作茧自缚。嘉庆觉得自己的灵魂藏在某一棵树里。方染谷是鸽子，飞过。两年多以来，嘉庆脸上的表情越来越少，偶尔长出几颗粉红色的小包，几天便消退了。他常说她很美。她便回答，我从来都不美，你认错人了。

爱是所有关系的总和

嘉庆穿着方染谷早已不穿的灰色男式雨衣站在过街天桥上，雨衣底下是一件墨绿色的旧式大衣，脚边放着她从凝安家出来时带走的小皮箱。她抬起头，看向她曾经赤裸着身体站着的那个阳台。那里挂着一些她刚洗干净的男式衣裤。现在那里已经不再是她的了。过去她高高地看下来，看着过街天桥上的行人，有脚不着地的感觉。现在她低低地望上去，脚踏实地。这里究竟是一个怎样的城市？她想如果有人问她，她会回答充满失望与幻灭，好像一种报复。嘉庆不断用手抹去打在脸上的雨水，她想看清楚一些，再清楚些，最后一次。然后，她用手遮住脸。我还是跟从前一样。她对自己说。迎面吹来的风里，夹带着泥土的香味。不是乳香就好。过去她从来没对方染谷说过她爱他。她知道她并不爱他。

她在雨里漫无目的地走。遇到一个酒吧，便走进去，为自己点了一杯威士忌酒。她口袋里的钱还够她租一间廉价的房子并喝一点酒。酒吧里除了她和店员脸对着脸，没有别的人。其实不过是脸对着脸而已。她与父亲、凝安、染谷、晏生，不过只是脸对脸的关系而已。他们叫她“死孩子”、“嘉庆”、“方凝舒”、“宝贝儿”、“亲爱的”、“喂”……试图用诸多称呼，表达他们对她的爱。爱，是所有关系的总和。她想。

方染谷出门之后，她快速收拾着一切——她的动作从未像现在这么干脆利索过。她将他的衣服洗干净，晾在阳台上，又将房间简单收拾了一下。等不到保姆来打扫了，她想。之后，她从阳台的柜子里找出她的小皮箱，擦掉上面的灰尘，整理了一些简单的衣物和生活用品放在里面，然后认真地将皮箱扣好。那些她用方染谷的钱买来的光鲜亮丽又俗媚的衣服，她都没有带走。最后，她伏在桌上，打算给他写些什么。

染谷：

很抱歉我对你说了谎。只是我以为谎言可以省去很多麻烦，连解释都可以省掉。我是昨天回到家里的。回来后简单收拾了一下，顾北便来找我。晚上，我在楼下的小饭馆随便吃了点东西，回来躺在床上，等着你回家。

你回来的时候，似乎有些醉了，还有另外的女子。我以为你们会闯进卧室，但幸好没有，我才得以苟且过这一夜，这让我甚至有些感激了。

我带走了一些衣服，大部分都留下了，也许我以后都用不到那些了。还有一些钱，你在西藏留给我的，我没有尽数花光，还剩下一些，我也都带走了。我需要找一个地方住下，然后再找份工作。

你是好人。你只是太想爱我。是寂寞吧。

嘉庆

待会儿吧　多的是时间悲伤

阳光饱满。嘉庆站在很深很深的胡同尽头，掩着脸。她从房屋中介公司那里，迅速地为自己找了一间她尚能支付得起房租的平房。他们告诉她，她要租住的那间平房的主人是一对年迈的夫妇，房间里的家具都有些年岁了，但尚可使用。冬季里没有暖气，需要自己生炉子取暖。她点点头，表示接受，便跟着介绍人去看房子。

木质的桌、椅、床、凳、柜。几只破陶器分散在各处，听说是古董，无从考证。介绍的中年男子说。黏有黑色油渍的旧式大衣物箱上，画了个黑处女。床顶的白麻帘帐被打结成个大疙瘩，泛着黄。开裂发霉的木地板，走上去，摇摇欲坠，咯吱咯吱地响。屋外，阳光很静。

玫瑰木。

玫瑰木床，玫瑰木桌，玫瑰木箱，玫瑰……木珠……

玫瑰经文。

她很快便喜欢上了这间屋子，于是一次性支付了半年的房租给房屋中介公司的男子，并从他的手上得到一张租房合同和一张付款收据，算是两清。男子拿到钱，迅速离开了。她关上门，站在房子正中间向四处打量。这里很好，贴合心意的安静，她想。还需要找一份工作来维持生活。在这之前，她要先打一个电话。

她走到胡同口的小卖部，拿起公用电话，拨通了晏生的号码。无人接听。待会儿吧，多的是时间悲伤。她挂掉电话漫无目的地走，她想应该熟悉一下新家周围的环境。暖暖的，略带惆怅。是杨柳。不是梧桐。是落霞，醉黄昏。十月的清欢，驱散雨后微凉的空气。掌心的纹路滑过红绿蓝黄色串起的檀木珠子。秋日向晚的火烧云，泼满了眼，燃成海。黄昏中的店子，安静但不荒凉，广告，影碟，香烟，啤酒，什么都有。有些家乡的样子，只是街更宽一些。她想起当初，虽然一切看上去都略有不同，但大抵也都差不多，没有多少新鲜事儿。

她走回房间。坐在墙角的木椅上。短暂发呆。随后，她的双手慢慢垂下去，向着地面，胳膊轻轻地摆，最终停住。不过是有些累了，睡着了，坐在椅上也可以睡着，年轻令她实在是累了。

每个人身上 都有价签

86、62、94，身高一百六十七公分，体重四十九公斤。比标准的亚洲女子身材更加丰满、性感些，该肥的地方肥，该瘦的地方瘦，乳房坚挺，臀部向后翘起，形成好看的弧度。眼睛大而明亮，涂抹上烟熏妆闪着勾人魂魄的光。嘴唇红润，嘴角上扬，牙齿咬过，有淡淡的齿痕。麦色肌肤，浑然天成的色泽。胸大腰细腿长阴毛浓密，挤、压、揉、搓，手感都极好，适合勾引各样男子，能卖个好价钱。

嘉庆站在一队女子的最末尾处，在昏暗隐秘的小房间里，看着夜总会的妈咪给每个站在她面前的女子贴上价签。80、59、84，瘦，瘦得厉害。身高一百五十八公分，体重四十四公斤。眼睛够大，有眼袋，眼神疲惫、苍凉而呆滞，要调整要护理，要练就勾人的眼神。嘴唇苍白，细薄，唇纹较多，是美中不足。皮肤虽然细滑，但太过冰冷，又瘦削，客人摸上去手感不好，趴在你身上，都嫌你的骨头扎得疼。你得多吃点，让自己胖起来，卖肉这种事儿，那也得有肉可卖才行。浓妆艳抹、年老色衰但依旧风骚的妈咪对嘉庆说。

她迅速冲出那个有些腥酸味的小房间，走进卫生间，趴在肮脏的公用马桶上大口呕吐。马桶边缘有很多高跟鞋踩踏过的灰黑秽物。最后她走出卫生间，决定不再回到那间屋，也不再跟那个衣领拉得很低、露出深深乳沟的妈咪有更进一步的交易。她可以自己把自己卖出去，卖个好价钱。

于是，嘉庆变得每天都很忙。她想把自己卖个好价钱，就像妈咪说的，要有好肉。她在一天很早的时候便起来，做一些脸部的护理。她先站到屋外，深呼吸几百次，直到她觉得呼吸是比死更累的事情，才停止。接着回到屋里，对着镜子大笑，像个神经病，这样可以让她僵硬的脸部表情变得鲜活动人。她笑出了眼泪。这以后，眼珠上下左右滴溜溜地转，转到她觉得有些头疼发晕、找不到方向为止。最后，她在把脸和脖子上都涂抹上一层厚厚的羊胎抗皱霜，保持一个钟头。在这段时间里，她觉得无所适从。于是拿着小块儿的抹布趴在地上，一遍又一遍清理着地板。

午饭后，她去健身中心使用那些她从未曾使用过的健身器材，她得把自己练得腰收、乳大、屁股翘。然后她去桑拿房蒸一小时桑拿。大汗淋漓地冲完热水澡，穿好衣服，便去挑选适合夜晚的着装。她甚至有些后悔没有从方染谷家将她曾经买的衣服带一些出来——哪怕几件也好。现在她只能用她口袋里所剩不多的钱重新挑选。要低胸低腰，隐约裸露又不要太过夸张，颜色鲜亮又不要庸俗低贱。最后，她还是为自己选择了肚兜式的民族类衣裙。性感、赤裸但不俗气，一眼望去便能在众多“肉”中脱颖而出，低调的华丽。这些都做完之后，她发现天已经黑了。天黑得这么快，她还只是略微打扮了一下自己而已，便花掉了一整天时间。

时间。活着就是时间，若是死了就是没有时间，她现在清楚地知道这一点。金钱就是时间，她收拾、打扮、整理、蜕变，最后在天黑的时候走进夜总会，赔的就是时间。但倘若能换回来钱，那也不错了。她想。感情也是时间，她有时间长久待在拉萨跟顾晏生四处游荡，却没时间多给方染谷另外一次爱她的机会。从这一点上来看，她想自己对顾晏生是有感情的。后来，她把她的大部分时间都花在应酬她的客户上。当然，还有那些疾病。她的身体总是在风暴里摇摇晃晃。

此时，她走进夜总会，她觉得她得把花血本浪费在打扮上的钱几倍、十几倍、几十倍地捞回来。时间尚早，夜总会的人还不算多。她早早地到，为她的新工作熟悉环境。大厅里很黑，到处都有隐密的角落，厅的正中央有个凹陷的舞池，只有四周的霓虹灯不冷不热地闪着些光，有柔美的音乐缓缓地淌。再过个把小时，这里便不是这样了，它将会被迅速涌来的人群变成喧哗的人肉海洋。她边想边走到巨大舞池外围的卡座，找了个显眼的位置坐了下来。礼貌的服务生向她走来，问她是否需要喝些什么。

稍等一会儿吧，我等人。她撒了个小谎。服务生老道地点点头，拿着酒水单离去。

十点刚过，如同她所想的一样，迷离的人从各个角落钻出来，扭动、交谈、抚摸、勾引。音乐变成震耳欲聋的吼叫，轰轰作响，震动着她的胃，震动着地板，她感到双腿有些颤抖。到处都是人，到处都有人在跳舞。舞池里，吧台边，栏杆下，卡座周围和很多个黑暗的角落。她还没有空出时间来寻找某个男子来锁定她的目标。在这之前，她需要对这里的年轻女郎有足够的了解，以便自己能够尽快掌握生存之道。适者生存。她向四周望去。那些年轻的女子，无论是穿着还是妆容都是为了这个地方而精心设计的。她们穿得很暴露，有些甚至单薄的无法称之为衣服，只能算是遮羞布而已。各式蕾丝、莱卡布料半遮半露的衣物，眼睛、嘴唇、小臂、肩膀、脖颈、乳房、臀部、大腿、小腿……比裸体更撩人，撩拨无限遐思。就是为了吸引更多的男子。她心知肚明，事实上，自己也一样，只是还未学会搔首弄姿。三个妖艳的女子站在高高的吧台上扭腰摆臀，裙边拉到极高，从下向上望去，便能看到透明镂空的内裤。

这样的场合，假货遍布。眉毛是假的，眼睫毛是假的，被硬生生挤出来的乳沟自然也是假的。可总有人能以假乱真，让这无以伦比的假，恰到好处。比如那卷曲上翘的蓝色的睫毛，历久不衰，即使在床上摸爬滚打一番而后沉沉睡去，再醒来时，还是一样完美俏皮。眼睑上亦没有浓重的劣质睫毛膏融化而造成的熊猫眼。眉是眉，睫毛是睫毛，眼线是眼线，随时可以穿上衣服奔赴下一场约会。最神奇的便是各式内衣，可以随心所欲将女子的身材塑造成你想达到的任何效果。还有比乳房更假的东西。LV的手袋是假的，Cartier的手表是假的，Tiffany的钻石项链、戒指、手环更是假的，就连银耳环这种便宜得不能再便宜的东西，都是假的。但事实上，又不能说它全部都是假的。睫毛是有的，乳房也是有的，手袋、手表、项链、戒指、耳环，一件件一枚枚，都是有的。长在肉里，戴在身上，可触可摸，无一虚幻。只是……只能说不是事实的全部真相罢了。

可有一样东西，若是假的，就连仿制品都寻不见，那便是感情。痴情女子总没有好下场，没有人愿意下半生一直都跌跌撞撞。嘉庆想。命中注定的激情和忧郁一再来袭，极乐世界，一场嫣然泅渡而去。这里的女子，个个都给自己标上价钱，或是身体，或是感情。然后等待着那些穿着像样衣服、奴隶主似的男子走进舞池，掐胸摸肉地挑挑拣拣、讨价还价一番。这个时候，那一张张明艳的脸，便会张着嘴，吐着舌，温柔且笑意盈盈地说，开这个价自有这个价的道理。最终成交，买卖双方便勾肩搭背假装亲密地离去——去比舞池更隐蔽的地方。

也有降低档次打零工的。夜总会外面到处都是闹哄哄的地摊货。浓唇一抿，一笑销魂。涂抹了黑色、紫色、蓝色、绿色指甲油的纤细手指勾一勾，便勾走了七魂八魄。大胸脯几十对，货真价实，无需带海绵的内衣，更不用填塞硅胶。涌动着雌性荷尔蒙的生殖器多得数不清，悉听尊便。

有人的手触碰到她干瘪的臀部，不知是有心还是无意。她回过头。

硕北说

除了你自己　你无法威胁任何人

我叫染

要找一间便宜的小酒店。当她回过头看向摸她屁股的男子时便这样想。她快速地打量着即将成为她第一个客户的男子。身高超过一百八十公分，微胖、圆脸、眼小、唇厚、鼻梁高，笑起来眼睛眯着一条缝，极带色感，脸上没有横肉。三十岁末尾或者四十出头，但他看上去似乎更年轻一些——她不太擅长推断人的年龄。

一个人？他问，将他的唇贴在她的耳际。

她点点头。

喝点什么吧。他自然地揽住她的腰，稍加力道，拥着她向吧台走。

她跟着他走。走到三个热舞女郎的脚下。他不看她们，只看着她。透明内裤里面的内容，对他来说似乎已经是司空见惯的事情了。她猜想。他不问她想喝什么，只是随意叫了两瓶啤酒，递给她一瓶。她接过来，与他手中的酒瓶轻碰了一下，然后喝了一口啤酒。她还没熟悉怎么与她的客人应酬，但她知道怎么喝酒。

你多大？他问。

二十出头。

真年轻，真年轻……这么年轻。他说，你叫什么？

染。嘉庆几乎是脱口而出。她想起方染谷最初带走她的时候也曾问过她叫什么，于是她用了他名字中的一个字做自己的“艺名”。你最好能有一个“艺名”，妈咪曾说。

染……假名？那你究竟叫什么？他问，很老道地。

染。她重复。

染……你第一次出来玩么？

她点点头，随即又摇摇头。他看着她有些局促的表情，哈哈大笑。她听不见他的笑声，音乐大得震耳欲聋，但她看得见。她知道他在笑她。笑吧，笑也没什么不好的，高兴就好。她想。

他后来拉着她的手，兜兜转转走进一间很大的包房。里面坐了十几个与他年龄相仿的男子，个个身边都坐着一两个穿着透明内裤的女子。男子们把手放在她们的乳房上，用力地捏，有的索性直接伸进透明的内裤里揉搓、搅拌、逗弄。一阵愉悦的呻吟声。她看见她们的生殖器裸露在她面前。她们看着她，妖媚地冲着她笑，又像挑衅。她看不出她们的年龄，各种颜色的脂粉让她们看上去像一只只发情的大花猫。她现在开始明白他为什么对吧台的热舞女郎没兴趣了。她仰着头，看看牵着她手的男子——她的第一位客户，他们的身高差距只能让她抬起头看他。他也正看着她，带着柔和的微笑。她甚至有些庆幸了。庆幸没把自己的脸画得面目全非，更没有买透明的内裤穿在身上。她把头发剪得短短的，她想如果客人要从后面进入她的身体，至少他们无法用力拉扯她的头发。她的眼神，很决绝。会好的，会练就出勾人的眼神的。只是我需要一些时间。她早上站在镜子前转动眼睛的时候还在想。

他拉着她，在空的沙发上坐下。他们给她倒上一杯又一杯洋酒，她只是微笑，举着酒杯喝酒，但不说话。他用一只手臂搂着她，但没有摸她的胸，也没有把手伸进她长长的裙里。

你的声音那么哑。他说。

嗯，声带坏了。她不能唱歌，只能轻声说话。

他说。你会经常来这里么?

来。她说。

你很特别。他说。

她笑笑。这种地方的女子能有什么特别，操着一样的职业，一样都是出卖自己罢了，何必非得分出个三六九等。

还能有什么正经话说，不过是简单的买卖关系。不用花感情，只要赔上点儿时间就好了。她懂得规则。她看着同行们一个个往身边男子的身上骑，她做不到，她等着身边的男子扑向她，而她要做的只是尽可能不把他推出去。那个把她带到这个房间里来的男子并没有这么做，走的时候还给了她一叠钞票。她不知道是多少，但她看到比她们手里的多。付钱的时候，男子们拿出厚厚的钱包，数出三五张一百块钱的，递给旁边的女子，临走前还不忘在胸上捏上一把。只有他数都没数，抽出一叠，放在她手里。

谢谢。她说。她看到她们撇着嘴看着她，听到男子们叫他宿良，说他慷慨大方。她只是微笑，也不埋怨。由他们吧。

时间还早。她走出包间，走回震耳欲聋的音乐里。她忘记了要找一间便宜的小酒店的事，可她的第一桩生意做得真是成功。她走进舞池。拥挤、闷热，有不洁的气味和律动。又有男子靠近她，满口酒气。这一次可没那么幸运了。她想。她感到一只肥胖的手在她身上小心地摸索，之后动作越来越烈。最后，她的裙被撩开。嘉庆用力推开他，快速冲出拥挤的舞池，冲出夜总会的大门。

可以收工了，今天已经赚到钱了。她手里攥着一叠钞票想。她没有意识到，那叠钞票，已经被她攥得皱皱巴巴的，近乎湿润，带着她的体温。

她走回胡同深处的小房间，踢掉脚上的新绣花鞋，穿上她一直穿着的旧绣花拖鞋。歪歪斜斜躺在床上。有些累了，应该洗个热水澡，平房里没有淋浴，她只能等天亮了去街上的公共澡堂或者去桑拿。她有些想念方染谷。她想给他打个电话，告诉他自己赚到了一笔钱，虽然不多，但这是她赚到的第一笔钱。她第一次感到年轻真是好。

夜里，她做了一个梦。一群男子簇拥着她，长长短短地说，她就笑，男子们竟也成了长舌妇。他们说染啊染，你有没有空，我带你去西班牙看斗牛，去米兰看歌剧，去巴黎买古驰、香奈儿、路易威登、普拉达……他们说染啊染，你喜不喜欢巴塞罗那的圣家大教堂，喜不喜欢裸体海滩，喜不喜欢弗拉明戈，喜不喜欢星空朗月，喜不喜欢薰衣草和红玫瑰……他们说染啊染，你知道巴黎铁塔么，你知道梵蒂冈的圣彼得广场么，你知道荷兰的木屐作坊么，你知道圣阿姆斯特丹的花街橱窗么，你知道柏林墙么……她拼命地摇头，她什么都不要，什么都不知道，哪里都不想去。她被嘈杂的声音搞晕了头脑。但是有一个声音她听清楚了。方染谷说，嘉庆，我带你回家。

她睡着了。

她和宿良

嘉庆很快就放弃了敷脸、健身、蒸桑拿、涂指甲油、买衣服。她用洗甲水将涂抹成黑色的手、脚指甲洗成原本的粉色，并将双手高高举到阳光底下，让手指畅快地呼吸。她穿着一条拼布长裙，拖啊拖啊的，连地板都不用扫了。她抽烟、晒太阳、发呆，有时候什么都不做，只喝白开水。她越来越觉得这个城市的表情其实是丰富多彩的，比自己想象的要活泼得多，像个孩子似的手舞足蹈，欢欣雀跃。午后的阳光直射，光线在她的眼皮上跳舞，跳着跳着，就绽开了花。那个时候，她便将封尘的心取出，晒少许时间，再重新藏好。

姑娘啊，你这样瘦，总该多吃一些补充营养。要不，晚上来我家，我煮骨头汤给你喝。邻居家的阿姨总这么对她说。

她蹲在地上，仰着头倾听，然后微笑着说，吃什么都不胖，总吃也不胖。

年轻啊，还是年轻啊，年轻真好。到了我这个年纪啊，喝水都发肿。阿姨一边将洗好的衣服搭在绳上晾，一边说。她站起来帮忙。

似乎忘记了很多本该记得的事，比如看场电影、听听音乐、喝喝咖啡，或者，打打电话。现在，她的身边，一个朋友都没有，也没有亲人。有时候她觉得自己像一只没有知觉的钟，除了按部就班地走，便是忘了上发条，停滞不前。

姑娘，你做什么工作的？总是晚上出去，天亮才回来。阿姨问。

服务员，晚上开通宵店的那种。她说。晚上为需要我的男子们提供服务，也是服务吧。她想。

有男朋友吧？没见着过。阿姨说。

还没有，她答。干她这行的，有个男朋友太碍事，更何况，谁愿意自己的女人天天跟别人睡。她想起电影里的恋爱情节。相识、爱慕、约会、做爱、争吵、分离又和好如初，每一个情节都太过刻意，梦里看花、水中望月似的，让人又心痛又烦恼，甚至与死亡勾肩搭背，激烈得近乎虚假，装腔作势的。

每天每天，她都觉得白日太短，夜晚又来得太快。晚上八点，她走到胡同口，看着昏黄的路灯笼罩着迷迷蒙蒙的雾气，空气里有潮湿的味道。小饭馆的灯明亮，里面坐满她认识不认识的街里街坊。她走进去，点了一碗面，不紧不慢地吃完，付了账，出门向夜总会走去。她也常听到有人在背后议论她。她们说她漂亮，真是漂亮，虽然有些苍白，但谁也不能说她不漂亮。可是她只是漂亮，绣花枕头似的，中看不中用，没什么内涵。他们说她穿着五颜六色的衣服很漂亮，故意压低了嗓音说话搞得声线沙哑很漂亮，蹲在地上仰着头抽烟很漂亮，站在公共电话亭讲电话偶尔露出的微笑很漂亮，就连她蹲在公共厕所拉屎的姿势都很漂亮。虚有其表，虚有其表！肤浅！到头来还不就是个婊子。他们这样说。邻居家阿姨嚼舌根告诉她的时候，她只是笑笑。她知道他们说的，那不是她，他们才真是脑子灌满了自来水，晃来荡去的，妒忌、刻薄、尖酸、猜疑、无所事事到可歌可泣的地步。但她从不解释——就算解释，他们也不明白。

她走进夜总会，这里让她感觉更自在一些。她很快便在这家夜总会出了名。他们都叫她妓女染，大家都说妓女染挑客人。她只跟看上去干净、不盯着女人透明内裤看、出得起大价钱的嫖客在一起。她拿到大把大把的钱，却很少跟他们上床；她专挑有素质的男客人……

一日，一个妓女跟她嚷嚷说，你凭什么就挂着一脸道德无价的逼样儿到处骗人！和外国人上床是淫荡下贱要钱不要脸，和玩艺术的人上床就他妈是为艺术献身了？谁说脸蛋儿水灵的妞儿非得跟穷光蛋在一起才叫他妈的爱情？我都为你那点鼻屎大的自尊心感到可怜。

她笑笑说，我从没这样说过，这都是你说的。然后走开。可妓女染的名声就是越来越大。她每晚只做一笔生意拿一份钱。经常有她的熟客，看到她已经伴在别的男子身边，就失望地走开，但从不打扰她。只有一种情况，她会对身边的男子说“抱歉”，然后离去，那就是宿良来的时候——她一直对他曾给了她的第一笔“工资”而心存感激。但如果，如果那天晚上给她钱的不是宿良，而是肥胖谢顶满嘴酒臭把她折磨得半死不活的老畜生，一切会不会变得不一样了呢？她常想。

宿良很少去夜总会，除非需要应酬不得不去的时候，他就来她在的地方。后来他送给她一只手机，里面存了他的电话号码。她从未打过，她知道规矩，她只等他有需要的时候打给她，以便她晚上可以推掉别的客人，等着他来。

她很少把自己的手机号码告诉别人，除了几个跟她关系不错的姐妹。她们常在夜里睡不着的时候打电话跟她聊天。说的都是出来吃宵夜，陪客人的时候高跟鞋掉了跟儿，明天去哪哪哪买衣服之类的事情。她们也说某个客人很抠，只给了很少的钱，却干了几个小时，或者伺候了有不良嗜好的老头。当然，也有快乐的话题，那就是当她们的客人很短的时间就射精但钱还得照付的时候。电话里的人，比她老十几岁。

她觉得自己也在变。她的声音越来越轻、越来越哑，身体越来越软。左倚右靠的，好像无骨。她开始拉着她的客人走进舞池，激情地跳一些舞，不大的胸部有意无意摩擦着他们的胸膛。他们被她环住脖子，愉快地看着她扭动身体。西班牙跳佛拉明戈的女子都没你跳得这么热烈好看，他们告诉她。她的客人似乎也很喜欢她的这些变化，虽然交谈的时候，她还是冷冷清清的，不爬到他们的身上或把手伸进他们的裤裆。如何才能让男客人们欲罢不能却又舒适无比，她渐渐掌握了张弛有度的窍门。

那天晚上，她推掉所有熟客，等着宿良。他下午给她打了一通电话，告诉她，他晚上会去。她挂掉电话后，刻意站在镜前打扮了一番。她的头发长长了一些了，可以用一枚精致的发卡，别在耳后。她从来都知道何种装扮更适合自己——即使是在穿得越少越好的夜总会里。

宿良很晚才到，大概11点了。看到她，捧起她的脸，在她冰凉的唇上吻了一下。她闻到一些酒味。

你有些醉了。她说。

他点点头，搂着她的腰走进包间。她早已习惯了那个力道，那个体温和臂膀的长度，跟着他踉跄地走。一整晚，他都咬着她的耳垂说话，不招呼同行的男子亦不端庄地坐着。她看向四周，他们似乎也没有过多的时间与他交谈，粗大的手早已塞进了身边女子的胸罩里。

染……染……我好像对你动了心，张了眼。这感觉真是奇怪，像醉着又似乎清醒，不知道究竟是真是假。宿良说，染，告诉我你的名字，我知道你一定不叫染。

嘉庆，薛嘉庆。她回答。

嘉庆……你是哪里人？他问。

浙江。她答得老老实实。

跟我一起走，行么？他呢喃。

她点点头。她觉得自己甚至有些喜欢上这个男子了。她跟着他提前退场，走出夜总会。清凉的风似乎让他清醒了很多，他深深看着她，将她搂得更紧一些。她忽然以为深夜的时间变得无比值得留恋。夜，那么长，那么清净，那么美好，像家里的夜。有些人是不需要在这个时候入眠的。她想。她跟着他走进豪华的五星级酒店，进了屋，脱了鞋，忽然就支楞在那里不知如何是好了。她听见浴室里有哗哗的水声。不多会儿，宿良便从浴室里走出来，站在她面前。她低着头，不看他，像个害羞的孩子。他弯下腰，轻轻褪去她身上的全部衣服。现在，她看着自己，她知道他已经看到她的全部了。

他抱起她，走进浴室，把她轻轻放进宽大的浴缸。水温刚刚好，不冷不热，她闭上眼睛。最后一个守夜的寂寞灵魂起身离开，她想起了家里的丁香花，夕阳落下时瞬息万变的流云，和那个陪她活过一段时间、或许终究会在小镇步完余生的女子凝安。睡思清凉，驻足在一分一秒间。像她的笑，她的欲望。

不要嘲笑我们的性

还有的是时间。年轻是时间，懒散是时间，音乐是时间，游荡睡眠哭泣呆滞都是时间。还有的是时间。时间就是活着的全部价值。嘉庆常常看到很多人追着时间，不停地跑跑跑，摇摇摇。他们一边挤上人满为患的地铁一边潦草地化妆，一边拿着早报漫不经心地翻阅一边吃着鸡蛋灌饼，一边对着电话那边说“不要伤心，迟早都会过去的”一边心不在焉地性爱。因为可以重叠，可以在同一时间做不同的事，因此时间有时候便显得过于多了，多得像浴缸里的水，不停溢出来溢出来。浴缸里的一个人重叠成两个，水怎么可能不溢出？就像嘉庆和宿良。而那个时间，不快不慢、不多不少，刚刚好。

是如何地恰到好处呢？嘉庆的欲望升起的时候，宿良刚好将他柔软的手伸进浴缸，轻轻抚摸着她的身体。嘉庆感到喉咙干燥并有些发甜、无处安放的躁动与渴望自动衔接并自然而然地在血液里蔓延的时候，宿良刚好赤裸着身体进入浴缸，从嘉庆的背后抱住她，双手托着她的乳。浴缸里的水溢出来，连带两人高涨的性欲一起，溢出来，流到地板上、流到屋里、流到床边的时候，宿良刚好抱起她，向柔软宽大的床走去。

她躺在床上，看着天花板。灯很亮，照得她眼睛有些眩晕。他伏在她身上，垂下眼皮，用手指扬起她的下巴，注视着她。仅是片刻，他便低下头啜饮她的唇，她心里忽然涌上一股甜蜜的感觉，那是方染谷伏在她身上时所不曾有过的。她缩一缩，让自己更深更柔软地藏进他的身体里。她从不知道，从不知道，性爱竟可以如此隐秘、欢愉而又不留痕迹地自然而然。他抱着她，食指轻轻划过她的背，留下几道红色的印痕。慢慢地，他的唇滑过她的身体，自上而下。她的身体剧烈地颤抖。她呻吟起来，沙哑地，由衷地。当他进入她的时候，她觉得海水倒流，蛇钻进了刚褪下的皮里，成熟的玉米退化成种子，振翅的鲜艳蝴蝶重新挤进它的茧中。而血液，血液挣脱了她的心脏和血管直冲向黑灯芯绒似的天空。

宿良……宿良……抱着我……她的声音发抖。他张开结实的双臂，把她紧紧抱住。她闭上眼睛，感受着他拥抱的繁华盛大。

后来，他从她的身上下来，搂着她靠在床上。他点燃一支烟，缓缓地说，嘉庆，这些年，你有过几个男人？

你是第二个。她回答。

就是这样？他问。

就是这样。

还能有什么呢。她想。那些给她钱的人，都不用把她抱上床就心甘情愿给她一大笔钱，一次又一次地。虽然只是买卖关系，但她感激他们，不然她就要像每日夜晚给她打电话说长道短的姐妹一样，日日忍受煎熬。对她而言，没有假期。即使是在经期的时候，她也可以照常工作，只要她想。客人们花钱买她的清冷，可就是买不走她的心。除了宿良。虽然她也不确定她对他的感情究竟是什么。

对于她生命里的痕迹，不见得非得是疼痛，只要能让她的命变得更加粗糙与沉静的，她都会在心里升起小小的怜惜，毕竟可以称之为美好的事情已经越来越少了。每一个厄运都来得太过突然又太强烈，让她无论怎样转了脸，背了身，都还是难以逃脱。她清楚地意识到，她所经历的一切，不过是世间的一场游历。是非困难，只是微不足道的小事。就如同你无需告诉别人你的想法，只要用微笑代替，亦不必对已分手恋人再三留恋。比如方染谷，离开他，她也不觉得特别伤心。只是皮肤一点一点开裂，一边走路一边掉落，零零散散掉一地。她忽然想到，当皮肤完全掉光之后，刺痛便会触着她。触着她，千疮百孔。

……

听，安宁。当她醒来时，带着好梦醒来之后的清醒。她知道宿良已经离开，但还是忍不住微笑。房间里很温暖，她赤着脚走在地毯上，柔软又贴合。她走进浴室，洗了一个澡，然后出来穿好衣服。她走到窗边向外看，阳光染着对面的某个建筑物，如同海市蜃楼。大街上，汹涌的人流一再缩小，缩成小蚂蚁似的丁点儿大。

桌上有一个牛皮纸的厚实信封。她打开，取出厚厚的一沓人民币。数一数，不多不少，刚好五千元整。还有一张纸条。

这不是与你做爱要付的钱，只是我以为，你需要。

对，她忘了。要忠于身份。相识时的身份就已经为接下来的全部对手戏和剧情埋下了伏笔，像占卜师，清晰地断言着各种起承转合的脉络与纹理。要么是一次性的买卖关系，要么勾肩搭背变成风月场里的“鸳鸯”。买卖关系不会变。没有人在乎你是不是五讲四美三热爱，或留出足够的时间观赏你的灵魂美不美，更没有人有闲情雅趣与你演出红豆会熬成缠绵伤口的感情剧，或执其手与之老的琼瑶戏。只要能成一时花好月圆，凹凸佳话，那便是美。她忘了。“爱”是需要一些锦上添花的小手段的，或心机或争取。

玻璃是沙制成的。到处都是沙。脑袋里、心里、血管里、鼻腔里、耳朵里。她将手指塞进耳朵，掏一掏，沙子却滑得更深了一些，穿过耳朵，扎进了她的脑中，发出咯吱咯吱的声音。她的呼吸有些急促，慌乱地想把沙子从脑中掏出。一定是滑进脑中了，她想，否则她的头不会疼得快要裂开。或许不需要太久，脑中的沙就会变成玻璃，割碎大脑。既强悍又脆弱的男子，既坚硬又易碎的男子，大概只有玻璃吧。她的心也跟着疼起来了。不要嘲笑我们的性。她想。嘉庆剧痛，越想越痛。

她把钱和纸条一起放进包里，跌跌撞撞地出门。那不是她的大脑，那不是她的心。上唇裂开了一道伤口，像她的一个姐妹胸口的那块刺青，舌尖舔上去会灼烈地疼。

顾北说 除了你自己 你无法威胁任何人

你怎么穿得越来越像个妓女，我该给你一枚小硬币，或者，以身相许。但对你来说，硬币或许更好些。你的工作，让人在方圆五里，就能感觉到五脏六腑血肉肌肤相互吸引的力学作用，好像只要挨近你，皮肤就会自动与你的皮肤贴合在一起，连我都不能幸免。顾北说。

是么？看上去就像妓女？挨着我就情欲外泄？那说明我已经很职业了。这很好，我总担心无法像其他姐妹一样无处不在地抖着情欲。这样看来，我不必再担心了。嘉庆说。

那你还惦念染谷么？他在找你，发疯似的。你想威胁谁？你可否在必要的时候跟着良心做些选择。你有时太自私又默然了。不要以为沉默地在黑暗的房间里以背向而美丽的姿势活着，就是反抗。没有人会看到你这样的反抗，除了我。但很可惜，你想威胁的并不是我，而我亦不会跑去那些人身边告诉他们，你在威胁他们。除了你自己，你无法威胁任何人。你打算与在你心里已经死去的人一起生活么？比如你的父亲，但其实他并不在场，一切只是你心里的幻觉罢了。顾北说。

不在场的人是我。我想躲开……不在场的话，良心就会觉得清白，心情也会跟着快乐，好似节日。就算我在，对方也会以为我不在，又能改变什么呢？该发生的一切终究还是会发生。不如放逐，保持沉默，与鬼魅对话。很多事情发生得让我感到羞耻，但我却无法开口言说。我要如何对染谷说我看到、听到他与另外的女子热烈的性爱？令人尴尬的场面…… 恐怕只有书里的故事，才能容得下这么残忍又真实地袒露出来。现实中，只要当事人有一点点的懦弱——像我这样，残忍的故事便会被改写成不在场的静默，而寻求的，只不过是短暂的平静罢了。如此安好。嘉庆说。

可是，她明明还在希冀、还在暗伤，还在期期艾艾地寻找与等待着演出一段风月言情片，即使自己是女主角，而对方是戈多。从不屈就地接受看似幸福实际平庸寡淡甚至有些仓惶的生活，要的就是荡气回肠、红唇烈焰。竹子开花坟凋零，皑皑白骨在起舞。这很好。她像黑夜王国的小王子，有着四十五度上扬的恣意眉眼与清冽额头，那是她的卑微与冷艳。其实，她只是一枚备胎，备胎是她这种昼伏夜出的族群最庞大的衍生物。好在，她的字典里还未出现长情的存根。

离去的时候，到底该如何收场？顾北曾在嘉庆走后，偷偷来到离方染谷家不远的地方，偶尔会看见他，每每都是神情落寞。你从他那儿带走了什么？顾北问。

我只带了一些简单衣服。至于用他的钱买的那些繁复华丽的衣服，我都没带走。还有一双鞋。凝安母亲给我的旧绣花拖鞋，以及我一直拎着的那个小皮箱和我读了一大半还没有读完的镶着金边儿的《圣经》。我从来了北京就开始读它了，几年了，我还没有读完。染谷曾说我应该读一读尼采，我需要那一种力量。我后来翻了几页，但看不懂，于是便放弃了。那种阅读的艰难感，非但没有令我斗志高昂反倒让我更加沮丧。你看，你看，我就是个低俗的人，而且不愿意变高贵。嘉庆说。

离去，是否就是所有问题的答案，所有路途的终点？若感到痛苦，离去是不是痛苦的根源？为何即使离得远远的还是会痛？究竟是远离铸就了疼痛，还是疼痛促成了远离。

我恐怕你带走的更多。我常想起各类电影里的守夜人，戏份不大却频繁出现。为何他们总是出现，想来是有用的吧。我们应该想一想，守夜人究竟是如何在黑暗中守着微不足道的光的。夜里的光、黑暗的光，它们来自天上、心里和任何一个带着希望的物质中。奇异的、无法解释的光，舞台灯一样把台中央的舞者死死圈住。无形的牢。你是他的牢。顾北说。

嘉庆说，我越来越听不懂你在说什么了。如果你打算让我回去染谷家，那省省吧，已经结束了。你应该知道，有一些人，总是对微小的事情有惊人的专注，我就是那样的人。那天，我在客厅的地板上拾起一根卷曲的阴毛，我不确定是他的还是那个女子的。还有他的衬衣上，有恶心浓烈的香水味——不是我的古早味香水。他出门前跟我说话的时候，眼睛一直盯着我递给他的马克杯，不知道到底在看些什么，总之他不敢看我。这些我都没有告诉他，反正迟早是要走的，说不说又有什么关系呢。离开，其实是困难的决定，就好像在脑子里开了一个洞，是一定要重新堵住，才能存活的。于是，开始据守。守着时间，或者守着死亡。总有殊途同归的人。

顾北问，那你的工作呢，怎么样？

嘉庆说，什么怎么样。我与我的顾客，只要彼此间是静态的、平行的，没有现在进行时或者将来时，那便可以称得上是完美的。倘若一旦有了时态，我们的关系就变成老淫棍和小婊子了。你看，多有意思。这样很好，不是么。

你什么时候打算落叶归根呢。

还活着，又没死，什么落叶归根。嘉庆这年二十岁。

你只是不快乐　不快乐不是病

开始的时候通常都是小心翼翼的，蜷伏着，像一只猫。某一个假期，似乎是十一月份一个最普通不过的工作日，她去晏生的医院找他。那之前的一天，她打通了他的电话，在他们分开一个月后。她是临时决定给自己放一个短假的。假期，她要做的事情就是去当一个精神病患者接受医生的诊治。

最近还好么？他看看她，问得平平淡淡，惯常性的问候。她打扮的比想象的还要朴素。一条很厚的黑色长裙，一双平底黑皮鞋。

好。给你打过一次电话，但没打通。之后便没再打了。她说，有点忙。

他带着她走进他的诊室。屋子不大，朝阳，光线透过宽敞的窗照进来。他坐在办公桌前，给她拉过来一把椅子，让她坐在离他足够近的地方。他们面对面坐着，医生与病人的那种距离。彼此对视，一时间没了言语。

这些天，你在干嘛？他问。

工作。在夜总会做妓女。她答，我离开染谷了，一个人住。

她看着他闭上眼睛，脸上有一丝绝望的表情滑过。只一丝，转瞬即逝。怎么会呢，他很爱你。他说，后来我一直都没有接到你的电话，还以为我们就此断了联系了。有时，当我的病人抽丝剥茧痛不欲生的时候，我看着他们蜷缩在墙角浑身发抖眼神里充满惊恐，便会想起你，在心里发出极其微小的声音。可我不知道如何才能找到你。妓女，如果是你甘愿选择的职业，我无权说好或者不好，虽然我并不认为这个职业适合你。

她说，那次回去的第二天，我就离开了染谷的家。我租了一个安静的平房，在胡同深处。我想应该找份工作。当妓女吧。我听说这是个好职业。每天早上不用与几百万人一起挤上巴士或者地铁，一边吃饭一边闻着腥酸的人肉味，也不用穿着高跟鞋一路小跑，为了在九点前可以到达办公室，我还有什么权利觉得不好。当妓女对我来说，是用最短的时间拿到钱的唯一途径，虽然我不需要很多钱，但我要在这个城市活下去。你知道么，我发现无论什么职业，都是有共同点的，那就是要学会听。话可以说得很少，只听。由此便走进真正的沉默里。

她说，我喉咙暗哑，不能陪他们唱歌，而且我最近也感到喉咙的部位越发地疼。所以我只喝酒，倾听。或许酒喝得越多，喉咙就越痛，迟早会哑掉。你能想象得到这种沉默空间的入口么？横七竖八、东倒西歪地聚集了很多人，熙熙攘攘的。挤进去，一群人围着一张大理石的长方形桌子周围坐下。一些人沉默，一些人诉说。不同的人来到这里，喧哗的继续喧哗，以其惯常的盲目、无谓又虚假的姿态，不断地重复生活里本来就无处不在的谎言。因为人太多、太拥挤，所以任何一种形式的加入或离去，都会被遗忘和忽略。我也不在乎离去或者被离弃。反正本来不是你甩掉别人就是别人甩掉你，简单得就像动一动手指。我跟染谷也是这样。偶尔也会想他，但后来我想，迟早都会这样的。

这份工作，难做么？

比做医生要容易得多吧，我想。我很快就适应了。还有一些固定的老客户。她对晏生讲起宿良。也告诉他，他是她的顾客中唯一一个跟她上过床的男子。想跟我一起去看看么？

好。看看你在黑暗里如何工作。他停顿了一下，脑中迅速闪过一些会令她陷入困顿尴尬的场面，以及她如何强迫自己抬起头尝试着微笑的画面。她的疲惫与眼皮无精打采下垂的重量出卖了她。有一瞬间，他感到一些心痛，但随即就恢复了——医生怎么能比自己的病人更加落寞。你有没有避孕？他问。

那次没有。她说，会怀孕么？

我不知道。他回答。

如果怀孕了，那就是命中注定。今天，我是来做你的病人的。并不是来向你倾诉我的生活的。她说。

可如果我不了解你的生活，如何知道你究竟患了怎样的病？

她感到无法再向前踏出一步了，于是用力地咬着下唇。我与顾北……几乎无法分辨我们两个人。她没有故事没有生活，她的故事就是我。我抛下凝安一个人走了，或许她现在还在找我。我的父母，你知道的，老的老，死的死。没什么可说的。染谷是我身边的第一个男子，我们做爱之后，他常哭泣。他哭泣，我便呕吐，五脏六腑翻江倒海。但是那天，他在沙发上跟别的女子做爱的时候，却没有哭泣。一切看上去都很美好。后来我才知道，其实世界很好，只是我很糟糕罢了。现在，我身边有一个男子，我的顾客，不常联系，我们做过一次爱。买卖关系，但我感激他。

嘉庆，事实上，你离开的那天，我就知道了。染谷发现你失踪后，给我打了一通电话，以为你会来找我。我也以为你会来，但你没有。我答应他，如果找到你，会跟他联系。你连付钱买你的客人都会感激，但却不对方染谷动心。

她点点头，忽然就开始流泪。有没有暖风空调？我很冷。你最好不要告诉他，我在哪里。就算找到，也是徒劳。他一旦找到我，我就只好搬走。我暂时还不想搬家。她说。

他打开空调，倒了一杯热水递给她。她拉住他的手，让他站在自己身边。而后她把头靠在他身上，一言不发。

他们保持一个姿势不动几个小时，直到日头落下，天角发黑。顾晏生觉得身上的关节开始发酸发麻，医院的门廊间也再没有任何声响了。他低头看看她，她似乎是睡着了，脸上还挂着泪呢。嘉庆，天黑了，我们走吧。他轻轻唤她。

他牵着她，黑暗的长廊好像没有尽头，素手把持年华。他们走，听得见彼此的脚步。你要去上班么？他问。

今天不去。

那出去走走吧。

怎么都行。她说。

她跟着他走进停车场，忽然就跑起来，越跑越快。顾晏生一边追赶她，一边问她要去哪里。她只是跑，不回答。她跑的比他想象得要快，年轻就是助力。最后他在停车场转角的地方追上她，她跌倒在地上。

怎么了？跟我说说吧。顾晏生扶起她。

说什么？嘉庆问。

他抱起她，向他的车走去。然后打开车门，利索地把她塞进副驾驶座上，并替她扣好安全带。她尖叫起来。她甚至不知道自己为什么尖叫，或许只是想这么做。顾晏生死死地按住她，将一块手帕塞进她的嘴里。她闻到洗衣粉的香味。她用力地踢他的腿，身体不断挣扎，鲤鱼打挺似的。最后，他钻进车里，叉开腿坐在她身上，紧紧抱着她。

她没有停止，两条腿仍旧不停踢踹。车身被她踢得发出沉闷的“咚咚”声。

嘉庆……嘉庆……停下来……停下来……我是晏生。一会儿就好了，停下来。你会好的，会过去的。我们一起去西藏，去很多地方，但你要先停下来，没有体力，你哪都去不了。她听到温柔的男子在她耳边说话。是晏生，是晏生。她在心里兜兜转转想了又想、念了又念的男子。

她渐渐软下去，最后泥一样半躺在车座上发抖。他放开她，把靠背放平，让她躺得更舒服一些。而后重新把她抱住。不太用力，温柔地，结实地。除了眼里的血丝，她的脸几乎变成蜡绿色的，身体强烈地颤抖着。无论是什么，她都看不见，也听不见。只是觉得刺骨的冰冻。冬天了，也该冷了。她喜欢彻骨的寒。

晏生……吻我，我爱你。她静下来，脸色仍旧有些发绿，像一只鸟。顾晏生迟疑了一下，用自己的唇贴住她的。他无法对她说“不”，从认识她那天起，她就触动着他的神经，撩拨着他的情欲。他觉得自己像她爱他一样，也在爱着她，又或者连他自己都无法确定，这爱有多浓烈。虽然他知道，她有病，还很严重。那又怎么样呢。

晏生，我病了么？她后来总是这样问。

你只不过是不快乐。不快乐不是病。他说。

过去的日子　因为太丑陋　所以很温柔

我以为我可以独立存在，却始终依附。做妓女，到头来也还是要从男子手中得到报酬。崩溃中还残存着一丝理智。嘉庆对晏生说。她在琐碎中反复拉扯。她想起一天夜里，她的一个姐妹给她讲起自己过去的事情。在爱过一名公交车司机、一个小偷、一颗药丸式的女子、一块纤细方糖的男主人公之后，耗尽囊中财物，也耗尽了感情。于是，步入风尘，现在连自己都不爱了。所谓爱，无需添加情，便能独立成章。

真的。过去的日子，因为太丑陋，所以很温柔。

她坐在顾晏生的车里，偶尔给他指一下路，带他抄近道向她住的胡同里开去。他们经过一条黑乎乎的窄街。那条街不论何时都很热闹喧哗，总有那么多声音，还有不知道哪里传来的狗叫，几只狗好像在打架，每天都是。街的一边有一个很大的垃圾站，散发着令人作呕的臭气。那条路她走了太多遍，她似乎早就已经对那味道习以为常了，只有头脑还清醒地提醒着自己：真的很臭，还是绕行走别的路吧。

穿过窄街再过一条街，很快就到她住的地方了。车无法开进去，顾晏生将车停在胡同口。她牵着他的手，走向街对面她惯常吃饭的小饭馆。有几个她认识的邻居坐在里面，她冲他们微微点点头，拉着他在为数不多的空位上坐下。像这样在拥挤的小饭馆里吃便宜的饭菜，对他们来说是再平常不过的事了。在西藏，他们一直都在类似的饭馆里吃饭，只是价钱稍贵一些。她的邻居们时不时朝她坐的地方看过来，而后窃窃私语。她知道他们在猜测她与顾晏生的关系，在谈论她是个小姨子的话题。

他们没有交谈，低着头吃饭。事实上，饭馆里很吵，即使交谈也很难听清对方说什么。之后，他付了钱，跟着她向胡同深处走去。窗户里的光很温柔，门吱吱嘎嘎、开开合合地响。他跟着她，走进胡同最里面的院子，又走进院子里最里面的一间屋。邻居家的阿姨看见他们，跟她打招呼说，嘉庆，今天不上班啊。带男朋友回来啦！

他看见她细微地、干巴巴地笑了笑，不置可否。那笑容结束得太快，甚至连脸上的皮都没有丝毫的移动，便又恢复到了灰青色、没有任何表情的状态。她现在的生活，似乎没发生过什么值得动用表情的事。当她看到广告里模特精致动感的脸蛋儿时，心里便想，这世界竟虚情假意到如此地步。幸好与她关系不大。

她取出钥匙，打开门，拉着顾晏生走进屋里。然后轻轻地把门关上。在那个黑暗的房间里，她摸索到墙上的灯绳，“啪嗒”一声，屋里便有了柔和的黄光。他看着她的房间，物品不多，摆放得整整齐齐，家具都是老旧的纯木制品，还有些油渍，但尚算精巧干净。橱柜上有很多酒，各式各样的洋酒都有。有些还未打开，有些只剩一半。还有些，仅留下一个好看的空瓶做装饰。墙上挂了一张他在西藏为她拍的照片。她穿得很严实，只露出一张脸站在南迦巴瓦峰前面，眼睛看向天空的某个地方，嘴唇微微张开，脸颊红润，闪着健康的光泽。那是他在她不经意的时候用她的相机抓拍的一张。后来却被她冲洗放大，并买了一只大相框，挂在墙上。除此之外，他从这间屋里，看不到这里的主人任何一丝喜爱自己的迹象。

桌上放了一本厚厚的《圣经》，有些旧，显然已经被她翻了很多次。但她说她从不读书。她看不懂，也看不下去。更何况，每日每日，大家都在穿一样的衣服，唱同样的歌，看同样的电视剧，就连是非曲折、东家长西家短的八卦新闻，都是过了这波再说下波。毫无独特性，便是世俗和现实的全部意义。

对她来说，只有让灵魂沉睡才能继续生活下去。城市太拥挤，可以挤掉任何语言和一切伟大的、真实的、虚假的事物和感情。门在关闭的一瞬间，他感到她的谦卑在瞬间便臣服了下来。有时候，人总是无法与处境抗衡，于是只能任其得意欢呼拍手称快。她时常很专注，专注于屈就生活的霸道，黑暗的空间感。死亡不那么浪漫，因为经常在她身边徘徊。

她坐在木头床边，低着头看自己的脚。他坐在离她不远的地方，看着她。然后她站起来走到电视旁，打开电视。他们彼此一言不发地看了一个多小时电视。

晏生……最终还是她先开口说话，救救我……如果可以选择，我不会选这样的生活。像我这种年纪，应该在学校读书，谈一段山盟海誓但其实很幼稚的恋爱，或者跟要好的同学一起逃课在街上闲逛。而现在，我只能以一个风尘女子的身份活着。可能是欲望吧。我想要的更多，虽然我不愿意承认这些，但这就是事实，常常事与愿违。

我很少做梦。有时候累了，便在床上睡一会儿。醒了就觉得，一切都这么难。我其实只想以微小的、偶尔有些许放任但又绝不会伤害到别人的方式生活着，亦没有人会伤害我。对任何人来说，我都不那么重要。可你看现在，我就这样莫名其妙的、以自己不愿意的状态活着，活到已经习惯了。我在浙江老家第一次遇到染谷的时候，他问我是否愿意跟他走，我拎了只小皮箱就走了。那个时候他跟我说，要么离开，要么改变我自己。我选了前者。

现在，我与染谷之间，我也选了前者。因为我不愿意掩耳盗铃地担负沉默，虽然最终沉默的重担还是挑在了自己身上。于是我告诉自己，保持缄默的应该是他而不是我。所以那天，我听见他跟陌生女子欢愉的那天，我快乐得睡不着觉。他们是因为陌生吧。陌生的心总是很容易靠在一起。

做妓女，其实不是那么难的事情。只是时间问题罢了，迟早都会习惯的。但若这么说，任何事情都不难。这是一个你只需要保持身体的律动就可以的职业，意思是即使没有音乐，也能舞蹈。至于心，可以藏起来或者干脆扔进垃圾桶里，灵魂也大可以沉睡不醒来。尽管你有的是时间搭上身体赔上心，但没有人需要这个。无心最好，无心最好。夜总会的妈咪告诉我，当妓女也要有一个艺名，于是当宿良——我的第一个客人问我叫什么的时候，我几乎脱口而出说我叫染。他们都叫我妓女染，我甚至忘记了我的真名。我有几个名字，嘉庆，方凝舒，妓女染。不知道以后还会不会更多。

承受是这么艰难。他想。

晏生……晏生……我爱你，你是我唯一爱上的人，就算我现在还不知道因何而爱你。你可以爱我么。虽然我知道，迫使男子爱上一个妓女、医生爱上他的病人是多么可笑的事情。但我不需要你的怜悯，其实这个世界上本来就没有真正的怜悯。只是因为无法成全，所以心怀亏欠的怜悯，多带讽刺感。有时候我觉得，人真是自欺欺人的可笑动物，他们将不可能实现的愿望顺理成章地转化为节日与崇拜。然后欢天喜地地制造种种假象，欢天喜地地过日子。

我是真的病了么？虽然你不说，但或许我是知道的。她走到橱柜旁，取出两只高脚杯，倒了两杯酒，一杯递给顾晏生。而后边喝边说，我时常感到很疲惫，精神几乎无法支撑身体，而且总觉得被出卖了，不是被别的什么人出卖，而是自己出卖了自己。出卖的反义词是忠诚。我似乎从未对自己忠诚过，这很可悲。一个被过去吞噬、被现在吞噬或许也会被将来吞噬的人，是无法忠于自己的。不是不想，而是根本无法做到。一旦选择拒绝，一生都会摆出背离的拒绝姿态，与世界隔绝。以致时间久了，都无法言语。只好在脸上挂上刻薄的、让人看到就产生距离感的微笑。不明就里的人以为是性格温和，只有靠近了，才感觉到寒冷。要不要再来一杯。她举着一个还半满的洋酒瓶问他。

北京的天气，干燥而热烈。热的时候很热，冷的时候又很冷，像人与人之间的关系一样。热烈的时候，搂着抱着亲着吻着都嫌不够，他们说染啊染，你真是美丽，我要为你如何如何。转眼间就各奔东西，留下其中一个在那里苦笑。不过这对我来说，也已经是习以为常的事情了，我不会让那个苦笑的人是我。人和人之间，本来就该保持着必然的距离，不必把那些表面的热情太当回事儿。可我发现，你越是不拿它当回事儿，便越有人把你当回事儿。你看，人都贱。贱了好，贱了我才有生意做。

我的那些姐妹——跟我一样是妓女，让我陪她们上街买东西的时候，常常用手遮着太阳，说会把皮肤晒伤。我就笑。本来就已经过得暗无天日了，还不趁有阳光的时候，赶紧晒一晒，说不定哪一天，连晒太阳的机会都没有了。生命就是这么摇曳。最初，我觉得自己是一个孤岛。我身边来来往往的人像海上的船，短暂停靠，然后离岸。最终，我也成了一条船，漂向再也看不见光的地方。你知道么，妓女这个职业，会让你的生活变得乱七八糟。但无论再怎么乱，也都还是会以某种头破血流的方式进行着。

我是这样理解“希望”这个词的。它总是与年轻有关，但倘若我没有丝毫希望，是否就意味着我连年轻的机会都一同失去了呢。会愤怒么？其实也会。只是很短暂。蜷伏的姿势，我比谁都熟悉。

你是我的精神病医生，顾晏生，我会去你的诊室找你。经常去，经常去……我知道自己的情况，因为分裂，痛苦变成可以承受。她边说边笑，她一直在笑，一杯接一杯地将不同的烈性洋酒送进胃里。能再见到你真高兴。因为很开心，所以忘记了自己有病。她说。

那里根本就不是你该去的地方。有些地方，是没有尽头的。一旦走进去，便万劫不复。你愿意么，这你也愿意么？为了能够做我的病人。你还很年轻呢。他一直听她不断地、无边无际地讲话，直到他再也无法保持沉默。

他走到门口，打了一个电话给他的妻子，说晚上加班不回去了。她坐在木头床边喝酒，边喝边听他讲电话。之后他走进来，重新坐回离她不远的椅子上。

我愿意。她说，为了接近你，我愿意让自己病入膏肓。她这样说的时候，其实早就已经生病很久了。

当我属于你　我的身世就是你的家事

有人敲门。嘉庆说，然后迟疑了一下，起身开门。顾晏生并没有听到敲门的声音，但嘉庆说顾北来了——与嘉庆一模一样的女子，便让她进了屋。顾北进门便说，你这样伤春悲秋的，完事儿了没有。

嘉庆很奇怪顾北会在有别人在的时候来找她，但还是给两个人作了简单的介绍。而后，她盯着顾晏生惊诧的脸看了一会儿，便与顾北说话。那之后，他便再没有加入到她们中间，只是坐在那里喝酒，听她们说话。

她们说一些他完全听不懂的话，好像呓语。但他想或许她们彼此间是懂的，但好像又很遥远。远得很近，近得她已经没有感觉了。顾北很冷淡，听嘉庆喋喋不休。两个完全一样的女子，或者说根本就是一个人。一个活在生活的左边，停留在已经消失的还正在进行的痛苦当中，一个心无怜惜。

她们是彼此的归属。他想。当我属于你，我的身世就变成了你的家事。也许我只是你的百分之一，但你却是我的百分之百。

父亲死了

那天母亲打电话告诉我，嘉庆给家里打了一通电话。那个时候，她已经离开家五年了。我颤抖着问母亲她说了什么，母亲说嘉庆并没有在电话里说抱歉，也没说自己的情况。只是问母亲过得好不好，问我在哪里。

嘉庆啊，嘉庆啊，你在哪里啊。这么多年了，你连个电话都没有，就这么消失不见了，你过得怎么样啊，吃得好穿得好不？你长高一点没有，还那么瘦么？母亲流着泪问。

我很好，不要担心。嘉庆只说。

嘉庆啊，嘉庆啊，你回来吧。至少回来看看，你想走就再走。来看看我，看看你爸爸。你爸爸啊……他快死了，总是梗着咽不下那口气，叫你的名字，你回来看看他，也让他安心地走吧。这么半死不活的，被一身病缠着，连拉尿的功能都没有了，还经常翻着白眼喘不过气，真是折磨人啊……你就来看看他吧，也让他死个痛快，真是造孽。受罪啊……受罪啊……母亲开始泣不成声。

嘉庆放下电话。她知道任何事情都要有个了结，她和她父亲，也一样。她便回去。她穿着并带上一些最朴素的衣服，还拎着那个在当时已经非常土的小皮箱，穿着母亲的旧绣花拖鞋。她是正午时间到的家，阳光很强烈。见到母亲，“扑通”一声就跪下，什么都不说。无论母亲怎么流泪怎么念叨怎么骂，她就是一言不发地跪着。跪到最后，外面起了风，天都黑了。母亲哭也哭够了，骂也骂累了，说也说烦了，看她那么呆呆地跪了几个小时也心疼了，便拉她站起来，两人坐在桌边一起沉默地吃饭。只两个人，却满满一桌的饭菜。

嘉庆啊，这些年你在哪里啊？母亲问。

北京。她说。

北京！母亲惊呼，凝安也在北京，你没见到过她么？她吃惊地抬起头看着母亲，摇摇头。前几年，她考上了北京的大学，就去读书了，寒暑假的时候回家来看看。这转眼就要毕业了，日子过得可真快。母亲说。

她点点头。时间滴滴答答的，日子流淌，和家附近的河水一样，流过去，流过去。过去了的变成一团团、一簇簇陈丝乱麻，被揉揉搓搓塞进犄角旮旯。

你什么时候去看看你爸啊，孩子……他再不好，也是你爸。人都快死了，过去的事情，你就别记着了吧。你走之后，他很快就老了。天天穿一个白马甲和一条灰突突的脏裤子在大街上晃悠。见人就问，“你看见我们家嘉庆了么，这个小蹄子，不知道死到哪里去了。”他还经常喝酒，喝得醉醺醺的。这你知道，他以前就喝得半死不活的。好心的邻居去看他，劝他少喝点，想开点。他就不耐烦，说他不需要任何人，他只想快点死，然后轰人家出去。后来他走不动了，就天天坐在家门口骂，还是穿着那条灰突突的脏裤子，也不知道洗过没有。黑头发变成白花花的，最后连白发都掉光了，还在骂。有一次骂着骂着就昏死过去了，邻居们把他送到医院，医院见他无儿无女的，没有人给他交住院费、医疗费等等，抢救过来之后，就又被送到了老人院。等他好一点了，他又开始坐在老人院里骂。我去看他的时候，听见有人在劝他说，“都到了该整理自己身世的年纪了，就别骂了。你也换换裤子，总穿着这么一条裤子，不嫌脏啊。”他就说他常换，他有几条看上去一模一样的裤子。再后来他病得越来越厉害，连骂人的力气都没有了。就躺在床上天天呻吟。最后拉不出屎来，脸憋得通红。母亲说。

明天就去。嘉庆淡淡地说。

你爸的病，时好时坏。也说不上得了什么大病，就是今天这里坏了，明天那里坏了，疼得他动不动就疯狂地抓自己的头发，拔指甲，还大声嚷嚷，跟野兽似的。折腾到最后，五脏六腑都坏了。他常进进出出医院，每次进去之后，就会比上次住院的时间更长一些。最后那一次，住进去就没再出来，直到现在。老人院的人都说，你爸恐怕是到头了，活不长了，要是死了，怎么也得找个人送终啊。我跟着着急，可怎么都找不到你啊。结果你就打电话来了。你是有预感的啊。母亲对嘉庆说。

夜里，嘉庆躺在母亲曾为她搭起的那张柔软的床上，蜷伏着身体。有一点闷热。她走后，那张床一直没有拆，母亲说她一定还回来，一定会回来的。便留着。她望着漆黑的窗外，想起过去的五年里，到处都充满纷乱和错误，以致她不得不一而再、再而三地停下来，静止在某个角落里，等待救赎。身体，不过是暂时的血肉之躯，迟早都会化为乌有，连命运也只不过是暂时的事，就好像舞台暂时的律动，演员暂时的舞蹈。而她，暂时躲在一个堕落无由的北方城市里。她的母亲早就死了，父亲如今也快要死了，她还在无尽地挣扎，并耐心地等待，等着生命慢慢一去不返，最终嘎然而止。

第二日早上，她走进医院的病房。她的父亲，缠绵病榻。空气里有粪便的味道。她走近一些，看他。他还睡着。在经过了长期对生命的迷惑与失望以及各类药物的侵蚀后，他失去了全部头发，头皮光亮亮的。皮肤褶皱苍白，长满老年斑。指尖痛楚，呈黑紫色。

她不知道站了多久，看见她父亲醒来。他见到她，有点意外，哆哆嗦嗦含含糊糊地说，嘉庆……嘉庆……手伸出去，想牵住她的手。她不自觉地后退了几步，不让他碰到自己。低着头看他，用极陌生的眼光。生命好像一场骗局。

嘉庆……你回来了……我要死了，要死了……见到你，我就放心了。见不到你，我死都不安心，死了碰见你妈，我都没法告诉她你在哪儿……嘉庆看着他，觉得他头脑十分清醒。他并没有请求她的原谅，当然他根本就不需要。他们之间，只有其中一个死去之后的淡然，没有原谅。这么许多年，他一直都以为自己是对的，意志强悍，心灵强悍，那么骄傲，到死都保持着卑微的尊严。他还是需要她来送终，没人送终，草草埋了，便丧失了最起码的尊严。

他用力向床边挪一挪，想离她更近一些。最后他扯着输液器，奋力移动。由于用力过大，他正在输液的手臂开始回血。血顺着输液器倒流而上，流进输液瓶里。护士过来扶住他，帮他重新躺好。药水被染成红色，连同他的血一起，重新流回到他的身体里。温热而气急败坏的血液。

她始终在他触碰不到她的地方站着看他。不发一言。她看见她父亲的眼睛瞪得很大，死死地望着她。那注视里没有感情，只有憎恨。她感到前所未有的自由和愉快。她现在比他要强壮得多，强壮到她可以选择原谅或者不，强壮到他必须求她来给他送终他才能放心地死。把罪恶当娱乐，我那么像他。嘉庆想。

嘉庆……我不明白……他喷出一口血，溅在白色的被套上，顺着嘴角流到枕头上。他奋力向她伸出手，在空中停留了数秒，便重重垂下。她知道这是他最后一次向她伸出手，不是想抓住她的头发毒打她，而只是想握一握女儿的手。她抬起头。看着病房的屋顶，她的父亲，那个毒打她的男子，他的头上将不再有天，明天也永不再来。生命的开始与终结，不过是迅速地、无意地参与拨弄。他的生命，在她面前点点消失，虽然这并非她所愿。

医生和护士跑进来，紧张地急救，呼吸器、心跳复苏，最后是电击……她看着心电图机上那条始终笔直的横线，只是看着，毫无感觉。那是一条删除线，删除了一个人生命和他所经历的一切，慢慢地，他留在人脑海中的最后一丝回忆也会删除。最后，她看见医生擦掉她父亲嘴角的血，进行了一些简单的检查后，正式通知她，她的父亲：死亡。之后她看着他们拔掉他身上各式各样的管子，轻轻地对她说了一句“节哀”，而后离去。

她看着他，样子很单薄，白白灰灰的，躺在那里一动不动，前所未有地安静。她想死亡其实不那么暴烈，像细水长流的恋人一般慢慢接近，再接近，最后嘴唇扣合在一起，进入，高潮，直至永不分离。各有各的收获。

过了一会儿，护士走进来，递给她一张死亡通知书，并交代她办理相关手续。她接过，点点头。护士提醒她说，是否要摘除他身上所戴的贵重物品。嘉庆想了一想说，他身上似乎没什么贵重物品可摘。然后走到床边，坐下，握起他的手。他的身体还是暖的。她握着他的手，在他死后。他永远都不知道她在握他的手，永远。他的手，好冷，好小。

他终于死了，死的时候仇恨又渴望地看着她。她有些寂寞，那么许多年带给她疼痛的人，就这样萎缩成很小的一团肉，在她面前死去。在她还没来得及反抗和咒骂的时候，便死去了。他应该对她说对不起……她把黑丝带缠绕在脸上，将视线分割成一片片，却始终没有流下一滴眼泪。嘉庆……我不明白……他死的时候说。是谁的声音在吟唱，青铜质地。艳异，鬼魅，细若游丝。

生命的重复

嘉庆的父亲死后，她感到自由。生命的由来，父与母，现在已经完全消失。在她的生活、她的记忆里，不复存在。但倘若没有他们，她的存在，便变得无从解释了。

她走回那个她曾惨遭毒打、她以为这辈子都不会再走进去的老屋，用钥匙打开门。门被打开的一瞬间她觉得，她始终是这个屋里的人，就算躲也躲不掉。屋里的一切，和她离开时没有两样，只是更陈旧一些。她走进厨房，莫名其妙地就愤怒起来。她踢碎了所有碗碟，狠狠地。一些画面在脑海里出现。他狠狠地踢她，她在玻璃碎片中翻滚。皮肤被撕碎的声音，那么悦耳。她合上眼，匍匐在地上，低声说：放过我……放过我……命运并没有放过她，由歇斯底里而生的命运。他捉住她的双手，让她跪下。她跪在地上，耷拉着脑袋，一动不动，死人似的。贱货！跟你那个死了的妈一个样！他说，抬起脚狠狠踢在她的后脑勺上，她飞出去又重重落在地上，失去全部知觉……

她的愤怒愈演愈烈。她将所有能砸的东西都狠狠地摔在地上，想要毁掉一切物质性的存在。看着它们残损、破裂、无法修复。她开始憎恨生命的重复，非常憎恨！她为自己无法摆脱的软弱和桎梏感到羞耻难当。疼痛，竟然可以荒谬到如此田地。她很虚弱，而且极度疲惫。她再次跪在地上，只是没有人捉住她的手强迫她这么做。她感到膝盖一阵刺骨的疼，之后就有血流出来。她已经很久很久没有体会过这样的疼了，她扶着墙站起来，慢慢走到被她踢翻的椅子旁边，将椅子扶正，坐下。

她目光有些呆滞，看着一地狼藉。地上有被她摔得粉碎的相框，父母亲年轻时的合照被割碎成一片片。她盯着那张照片。她的父亲，年轻的时候是极好看的男子。她的母亲很瘦，颧骨很高，有些面带羞涩地靠近父亲拍照。两人眼中，都充满甜蜜的欢愉。她想那个时候他们一定不知道，后来家里会发生的吵闹、战争、仇恨、背叛、断绝和死亡。另外一张相片。一个小孩站在阳光下面，手里举着一株大大的向日葵，笑容迷人。她不知道那相片里的人究竟是自己还是顾北。她常分不清她们两人。

她的父亲，曾经公正严明又温柔。他握着她的手，一笔一划地用毛笔书写，写《三字经》《百家姓》，也写《诗经》里简单的句子和她自己的名字。他曾经告诉她，无论你的生活里有怎样的痛，你都要向前走。她便像他说的那样，无论怎么痛，都向前走，走得东倒西歪。直到她听到父亲对母亲说：我知道你要跟别人走了。哪知道，她便再没见过他的温柔。

几天以后，她披上孝服为她的父亲出殡。母亲说她抱着她父亲大大的黑色相框，身体那么瘦弱，面无表情地跟在丧车后面走。父亲没有亲戚，只有他的女儿，但顾北没有来——她没告诉顾北，她们的父亲死了。离她身后不远，七七八八拖着几个她父亲生前的朋友和邻居。稀稀落落一队人，向火葬场走去。花圈亮了又暗。炉膛里的火，熊熊地烧。母亲说她始终没掉一滴眼泪，表情木然，好像死了的人跟她并无多大关系。

她的父亲留下的房子和现金，都给了嘉庆。她变卖掉房子，前尘旧事，荡然无存。她将厚厚一沓钱尽数给了我母亲，自己一分都不要。母亲不肯收，她便扔出门外。母亲哭着跑出去，把钱捡回来说，造孽啊，造孽啊。你这孩子，人都死了，你都不能原谅他。

她站在屋外，在阳光下，举起双手，手背上有细细地、不细看不易察觉的小疤痕，那是她曾被玻璃割碎留下的疤。她就那么看着，然后自顾发笑。她的青春，全然荒废。无影也无踪，像一股芳香。存在和消亡，只一阵风。她的心，阳光不进，只有疼痛与憎恨的阴影……

火车在黑暗里奔驰，她躺在狭窄的卧铺上，睁着眼睛，全无睡意。过去的回忆，暗中展开，寻不见尽头。黑暗中有运河，有遗忘了的乌鸦。还有她父亲临死前拼命向她伸出的手，渐渐，冷却。

顾北说

只有你的未来　才能挥霍我的现在

她在我身旁　静静抓住了别人的手

那天下午我没课，坐在宿舍的床上跟一方小声说话。她最近在研究各类星相，捧着书本神神秘秘地告诉我，金星逆行，审美易降低，旧情会复燃。

我笑笑说，你这是在说什么呢，神经了吧。

她说，说你呢。

我大笑。我？！在我过去的生活里，美都只用来自得，无需要“审”。而情，我哪里来的旧情？只有嘉庆，只有嘉庆……像旧时烧过了、烧透了的碳，残留在记忆里，用最后的一丝余热温暖自己。对自己说会记得，不曾忘。却总在某一刻，让它们安静地隐在底色里。不想，便不伤感了么？就好像我们曾住的房间窗外的那棵树，起风的时候沙沙作响，嘉庆便常以为是下雨了。她还记得么？就好像她站在镜子前面，看着精致的自己，叨叨地说怎么眉毛都掉了，迟早会掉光。她还记得么？就好像我们手牵手站在街边，隔着空气聆听不知从何而来的歌声。她还记得么？记不记得都不重要。它们存在的道理，本来就不是为了被记得。

那天下午，宿舍的门被敲响。一方站起来开门，我端着杯子倒了一杯开水。我听见有人说找方凝安，便探出头，瞬间便定在那里。

凝安……凝安……嘉庆低低地唤我，不认识我了么？我是嘉庆……我不发一言闭上眼，眼泪毫无征兆地从眼眶里迅速流出，落进我手中的杯子里，与热水搅和在一起。沉默并不像那些庸俗的言情小说里所描述的那样悲情，那样赚人眼泪，它恶狠狠地击中了我的胃，如同一个巨大的黑洞，用无穷的力量吸干了我身体的每一寸。她走近我，用手触我的脸，轻轻擦掉我脸上的泪，然后安静地看着我。凝安……凝安……好久不见，你长大了，比我高了很多。对不起……对不起……原谅我……那么多年不在你的身边。她说，声音低沉沙哑——比几年前更哑一些。我只是看着她，喉咙里打了结，无论如何都说不出话。她跟过去一样瘦，眼窝更深一些，皮肤细腻，画了淡淡的妆，一如既往地美丽，只是更多了些妖娆。

我……我拿起杯子，大口吞下自己的眼泪。我与嘉庆之间，相隔五年，两座城市。快乐变成无关紧要的事，体会并隐藏自己的痛苦，对我来说成了无法抗拒的生活。仿佛活在虚景里。从很久很久以前，她还未离去的某个场景定格之后，其他的一切，都是虚景。顷刻之间搭起的舞台，顷刻之间垂下的幕布，顷刻之间开合的眼皮。过分的红色，不冷的冬季，没有尽头的铁轨……车从一个城转进另一个城，从一条街拐进另一条街，晕头转向、歇斯底里的不真实感。

我……很好……很好……我挤出一句自己都不相信的话。她是否会像我想念她一样想我，在这嘈杂的世间，除了她，全都是幻觉。

凝安，下午有课么？嘉庆问我。

我摇摇头，看着她。

那我们出去走走吧。她说。

我被她牵了手，一路跟着她走。她牵着我走进很大的商场，那些地方我平日里也跟一方去过，但仅限看看，里面出售的都是我们支付不起的昂贵商品。她拿起各式好看的衣服，在我身前身后比一比，然后统统买下。最后她在数码商城买了一只好看的手机，递给我说，这样我以后就能找到你了。而后嫣然一笑。

你哪来那么多钱？我问。

我挣的。她说，我是个妓女，妓女通常都很有钱。

天黑的时候，我跟她回了家。邻居阿姨跟她打招呼说，嘉庆回来了啊，今天怎么这么高兴？

她嘻嘻一笑，指着我说，这是我妹妹，凝安。

我匆忙地挤出一堆笑，跟着她进了屋。沉默的房间，我想我是多么能够理解那样的空间，并诚实而坦然地知道，这个房间里，只有她一个人的呼吸。现在还有我，以后也会有。那么静。无论我有多么努力想压抑对她的思念，我学会如何跟同学愉快地生活，我都无法从心里、灵魂里、身体里将她完全抹去。但我不是她，所以从来、也永远无法变成饱受苦难和折磨的人。我越是相信自己接近了她，就越证明了我表演的天分在不断提高。

喝水么，还是喝酒？她问。

酒。我说。

她愣了一下，看看我，而后找了一只很大的杯子，倒了一杯啤酒递给我。我咕咚咕咚一饮而尽，把一只空杯递给她。她接过放在桌上，拉我坐在床边。用嘴唇贴在我的耳朵上说，凝安，你在恨我么？为什么你见到我，那么不快乐？

嘉庆……我说，我曾经想象过鸟儿向内飞行的姿态，必然划着美丽的弧线。我也曾想象有阳光照耀的地方，必然盛开着鲜花。我还曾想象饱受疾苦的人，必然在心里藏着爱和信任走过炸弹和向日葵同时掩埋的田埂。但我没想到你，我没想到你还会出现在我身边。我以为我再也找不到你了……说完这些，我感到头有些发晕，应该是刚才喝了一大杯啤酒的缘故——我从不喝酒。于是我向后仰去，躺在她的床上。

凝安……凝安……我还是以前的我，跟五年前一样没有改变。我离开你只是因为我需要另外的生活，我不能每天半死不活地坐在门口出神，让你疲惫的母亲养活我们，我走，不得不走。你的母亲，她劳累、负荷、殚精竭虑……我不能……所以那个叫方染谷的男子问我是否愿意跟他走的时候，我毫不犹豫地离开了。现在看来，这样的选择不太坏。她躺在我身边，细细地说。

我真应该对你敬重有加，恭喜你置之死地而后生……我说，可你以前不是个妓女，现在是了。你还能说你没有改变么？

当然没有，至少对你没有。她说。她的手拂过我的脸，如同过去一样冰凉。幸好我只给了你一杯啤酒，若是一杯烈酒，你现在或许早就睡着了。

我笑着问，你说的那个方染谷，他在哪里？

我已经离开他了。他变成了过去。她说，凝安，那个人死了，我回去吊丧。终究是死了，人都会死的吧。你过去曾见到过他么？你看，我被母亲抛弃，后来她死了，我被父亲毒打，现在他也死了。她从床上起来，走到我们买的一袋袋的衣服前面，一边将衣服一件件地整理、剪掉价签，一边说，当我看到自己的脸时，还是会不由自主地想到他们。不是因为样貌生得有多像，而是那种疯狂、压抑与摧毁一切的气质。

我知道你回去了，你只能回去，那是你的责任。作为相辅相成的事，有责任就会有细微的、令人不易察觉的耻辱。你恨你的母亲么？如果不是因为她的错误，或许你不会有以后的灾难。我说。

她想了想说，不恨，应该是不恨的吧。毕竟，她给了我生命，虽然我命中注定会吃尽苦头，但这怪不得她。原来喝啤酒，胡乱说话，这么好，这么自由。亲爱的，今晚不要走，陪我一起睡好不好。嘉庆说。我点点头。

凝安……凝安……嘉庆说，为什么你不告诉我，你身上的伤都是我造成的？为什么从来不说？你在隐藏什么，隐藏我的病么？

我以为那都只是小事情，你在做噩梦而已。你知道的，你来到我家，因为父亲的毒打而跑出来。我以为那些梦里做的事，只是因为你在恐惧、在挣扎，都会过去的。等你彻底忘记他的时候，一切就会过去的。那你现在怎么知道了？

顾晏生告诉我的。他说染谷告诉他，我时常在夜晚袭击他，抓扯撕裂，他身上，有跟你一样的伤。

顾晏生……

是的，他叫顾晏生，我的精神病医生。我唯一爱上的一个男子，但他不爱我。或许是因为我是他的病人，或许没有理由，他只是不爱我而已。她说。

我闭上眼。在找寻她的路上，我不停地奔跑，最终却跑过了头。我以为她在远方，在离我海角天涯的某个地方，而她却在与我相同的城市、在我的身旁，静静地抓住了别人的手。你哪里病了？我要见他。我说。

她走到床边，把我从床上拉起来，走到镜前，一件件褪下我的衣服。凝安……凝安……你的身体这么美，男子们会为你着迷的。她说着，把双手放在我的乳上。我一动不动看着镜子里的嘉庆和自己。这双抚摸我的、缠绵悱恻的手。只一会儿，她便走开，将她整理好的、新买的衣物一件件递给我，我顺从地穿了又脱，模特一样让所有新衣滑过肌肤。镜中的女子，瞬间便没了土学生的穷酸相，婀娜委婉，曲线曼妙。

这才是你，凝安。嘉庆说，我困了，要去睡觉。

秘密的意思就是无话可说

就是要那些应景儿的美，来填满所有细节的虚构与生活片刻的跳脱。

我在嘉庆身边睡了一夜，她竟像柔弱的小兽般安静。既没有厮打亦没有呕吐。清晨，带着一种苍郁的特质。我醒来望她，她已把被子尽数踢开，蜷缩着赤裸的身体睡在床上。一样的清瘦，娇小的乳。我将被子盖在她身上，她动一动，舒展开四肢。我顷刻之间便明白了什么是秘密。秘密其实就是无话可说。或许在我面前，嘉庆仍然是没有秘密的，但在她面前，我有。我有一个天大的秘密无法让她知晓：那就是五年前，我便爱上了她。直到现在，这种感觉仍然深植心中。可是我的爱情啊，像是灰蓝色的房间、乳白色大理石瓷砖上一缕连着头皮和血肉的头发——被我爱的人硬生生地从我的头上撕扯下来的。

嘉庆醒来，看见我正盯着她出神，便问我在想什么。我答我在看你这些年，细枝末节的变化。

她起来，赤裸着身体在房间里走来走去，她的身体虽没有变化，但却从里到外散发着一种成熟，是我不熟悉的。之后她倒了一杯牛奶给我说她一会儿送我回学校，她要去她的精神病医生那里。我点点头，接过牛奶。她挑出一套新衣服让我穿上，并把其他的叠整齐塞进一个大纸袋里。然后又将一沓钱放进我的包里。我说不要，她只管放，毫不理会。最后她举着一把钥匙晃了晃后递给我，说我可以随时来这里或者搬来跟她一起住。

后来我听说，那天嘉庆平生第一次被注射了镇定剂。那天上午她与我分开后，便去了顾晏生的诊室。她与他说起找到了相别五年的我，说起她父亲的丧礼，冷清、潦草、廉价到令人齿寒的地步。说着说着，便哭起来，先是嘤嘤低泣，后来变成痛哭流涕。那是她父亲死后，她第一次流泪，歇斯底里地痛。原本，哭泣这种事情，在神经病医院是司空见惯的，你可能在任何一个角落听到抽泣声。但嘉庆的哭声有所不同。她嗓音嘶哑、时断时续，割裂心肺一般，哭泣中夹带着强烈的咳嗽，咳着咳着，血丝连带唾液便一同喷出来。

顾晏生走到她身边，轻轻拍打她的后背，又用厚实的干净纱布捂在她嘴上说，你要去耳鼻喉科看你的喉咙，看样子恐怕是已经病得很严重了。嘉庆什么都不说，用尽全力哭出声来。她从不是爱哭的女子，眼泪对她来说是太过软弱而奢侈的事。哪里还有时间哭？哭有什么用？没什么值得哭的事情。现在她眼泪、鼻涕、唾液、血，一起喷出来，喷得到处都是。顾晏生抱住她颤抖的身体，那身体那么瘦小，抱一下都觉得骨头刺进肉里，生疼生疼的。嘉庆……嘉庆……嘉庆……他轻声呼唤她。他发现自己无法像对待普通病人那样对待她。她是薛嘉庆，让他心里腾起细微情欲的、光怪陆离又神秘好看的女子。她的五官轮廓极深，再浓的妆都是白费，改变不了一二，经年累月也丝毫没有任何变化。他从没见过这样的女子。从他第一眼看到她，便被她吸引着。她看上去亏得厉害，一脸病态。脸色惨白，眼窝深陷，嘴唇发紫，皮肤干燥，她开口说话的时候，声音把空气划出一道道大口子，流淌着寂寞。但她很少说疼，孤傲又孑然地站在他面前微笑，眼睛深深地注视着他。

她一直哭，似乎要把这些年攒下的眼泪毫无保存地流干。她的身体瑟瑟发抖，而且抖得越来越厉害，以致他认为再这样下去她会发展成癫痫。他把她的头按在自己的肩膀上，她边哭边咳，弄得他白色的工作服上印满点点血迹。他狠不下心在她嘴里塞进一些药片或在她的肌肤上注射一针。他知道她只是承受了太多。她需要宣泄，需要流泪，需要有一个人把她抱在怀里。他从未听到过这样的哭声，即便是他的那些长期的病患——那些未死的、垂死的、将死的、已死的病患，都未发出过这样的哭声。

他想他这辈子都无法体会她的痛苦。他打从出生起，就活得平平稳稳、顺顺利利，父母不算恩爱但因性格柔和也从不吵架，除了为自己的事业各自忙碌，便是为了他操心。他似乎是连接父母亲的桥梁，让他们之间保持着长久的平衡又能彼此扶持和尊重。长大以后，他身边渐渐围满了年轻好看的女子。她们喜爱他温柔的笑、不多言语的性格，喜爱他挺拔的身高、英俊的脸颊，喜爱他课业优秀、身体强健。她们递给他厚厚的情书和各式礼物，他总是笑着接过，不置可否。他走到街上，胆大的女子会一直望他，冲他微笑。甚至有一次，一个女子一直跟着他到家门口，坚持问他要了电话才离去。到了结婚的年纪，他从这些追求者里选了一个——他现在的妻子，也是他一直以来的同学。他们结了婚，过着不瘟不火的日子。除了一件事困扰着他，他的人生几乎可以称作是完美的。那就是他们的婚姻里，一直没有性。他抱着他的妻子，抚摸她、亲吻她，只是不勃起。那天他下班回家，听到妻子正在跟好友讲电话说“有名无实”，看到他回来，表情有些不自然，而后草草就挂了电话。他想应该是在说自己，却假装没有听见。有名无实就有名无实吧，反正她说的都是事实，他又能说什么呢。多么诚实的婚姻，诚实得近乎残酷。那日在西藏，嘉庆赤裸着站在他面前的时候，他偷偷地发现自己竟勃起了。

他闭上眼睛，忽然感到肩膀一阵剧痛，本能地挣扎时发现她正死死地咬着他的肩膀，她的牙齿凛冽，穿透厚实的白色制服，穿透他层层的衣，咬住他的皮肉。他试图推开她，但她却咬得更深一些。他疼得几乎要尖叫，拼命将她推倒在地，身体迅速向后退去。她一动不动瘫倒在地上，哭声越发决裂。他站起来，找出注射器，在她身体里注射了少量镇定剂。

她慢慢瘫软下去。他抱起她，轻轻放在里屋的病床上，并给她盖上一些衣服。而后，他走出诊室，走向药房。他要给她准备一些随身的药物。有同事问他，他的诊室里是否发生了什么事情，他轻描淡写地说没什么，只是有一个精神上受了些刺激的病患而已。

待他回来的时候，嘉庆已经完全安静下来且恢复了一些正常了。她的嘴唇开始有了少许血色，眼神也跟着活跃了起来。对不起。她说着，吐出一口带着血丝的浓痰。

他抱住她，在她耳边轻轻地说，嘉庆，你要去耳鼻喉科看看你的嗓子，再这样下去，迟早有一天，你会说不出话来的。她虚弱地点点头，让他给她倒一杯水。

整整一下午，她都安静地躺在他的病床上，看着他为其他病患诊治。她一言不发，只是看着。她觉得他可真是个好医生，细心又温柔。他耐心地倾听每个人喋喋不休的唠叨，间或有些人言语过于冲动，对他说很难听的话，他也好脾气地忍耐着，为他们对症下药。只是在送走一个病患和迎来下一个的空当之间，深深地叹一口气。她知道，那是疼痛与疼痛之间细微的空隙。

日光将尽的时候，她从病床上跳下来，走近他，告诉他要准备开工了，她得离开，谢谢他的照顾。他递给她一些药，叮嘱她每种药的服食时间和剂量，并简单解释说不是治疗什么病的，但是能够帮助她缓解精神上的压力并有助于她的睡眠。她接过，点点头，目不转睛地看着他。

晏生，对不起。她说。

他笑笑，再次提醒她去耳鼻喉科诊断她喉咙的病。

怎么好端端地就流了血，之前从没有过。她说，我的血，一定与伤痕有关，与过去有关，但我自己也说不清。我说话的时候，总觉得喉咙里有一个洞，把声音吞进去，吞入腹中。进去了就出不来，在肚子里形成一片令人憋闷的胀气。之后就会痛。我似乎已经习惯了这样的痛了。即便不痛的时候，心理作用也会觉得痛。

感觉不到疼痛的疼痛，最长久。顾晏生说。

不要做妓女了

潜藏的时光，在一张一张暗沉底片的疏离影像里，以最艳极一时的荼靡姿态回放。

那日下雨，是雨而不是雪。潮湿的空气笼罩着整个城市。被雨水冲刷过的建筑物也一洗尘埃，重新镀上亮丽的光泽。一些雨丝随着风被卷入眼中，在眼皮开阖时留下凉意。冷，刮起风，凛冽的冷，水汽也极凉。这样的季节，日渐萧瑟的街道极容易使人恍神，迅速蔓延的伤感，与狂躁的北风并驾齐驱。眼看就要进入隆冬了。暮色来得越来越早。金色、鹅黄、湖蓝、赤红，天色在不知不觉中缓慢变化，直至完全黑下来。下课后，我去超市买了水果、食物和一些生活必须品诸如碗筷、垃圾桶、卫生纸、家用医疗箱之类的东西，向嘉庆家走去。房间里漆黑一片，她不在家，或许很晚才能回来吧。我把房间简单收拾了一下，打开电视，躺在床上等她。

嘉庆回来时似乎已经半夜了，我躺在床上半梦半醒间听见一阵叮叮当当的嘈杂。待完全清醒过来向她看过去的时候，发现她呆滞地坐在地上，全身上下破破烂烂，她一直穿着的长裙被撕成一片片破布，乳罩也被扯烂，一只脚上穿着鞋，另一只脚却光着，一脚的泥和血。她随身带着的小背包不见了，牛骨手链也不见了，耳环只剩下一只，在架空的脖子上摇摇欲坠。脸颊淤青，嘴唇肿裂还挂着血丝，自额角顺着脸一直流到胸口的血已经干了，干巴巴地粘在皮肤上，灰黑、不洁。胳膊、腿上有一道道的伤痕，到处都是瘀血。我扑过去跪在地上抱住她，问她究竟发生了什么，她不说话亦不发出任何声音，只是轻微摇头。我用力搀起她，慢慢走到床边，她死人一般直挺挺地倒下去，连呼吸的力气都没有。

我褪去她破烂的衣服，用湿热的毛巾一遍又一遍小心擦拭她的身体。脸盆里的水逐渐由澄清变成浑浊、由透明变成灰黑的暗红色。急救箱！我有些庆幸买了一只小小的急救箱，下午我还以为它可能派上用场的时候不会太多，但有所准备总是好的。我迅速打开急救箱，取出碘酒与药棉，在她的伤口处轻轻涂抹。她有些发抖，但始终没发出任何声音。待我将她的身体翻转过来时才发现，她的背上也流着血，而且更稠密，更鲜艳，开出了花。我开始哭泣，眼泪不经意间滴下去，滴在她的伤口上，她强烈颤抖了一下，便又安静下来。我擦干眼泪，努力不让它们再倾泻出来，尽可能地帮嘉庆处理好全部伤口。

轻一点，嘉庆用分辨不太出的撕裂声音说，我痛。我的手举在空中，不停地发抖，无论如何都不敢再触碰她的身体。

后来，我找出干净的内衣裤给她换上，然后将她放平，盖上被子。她看上去舒服了很多，神情也不像先前那么痛苦了。

凝安……凝安……给我一杯水……我听到她微弱的呼唤，倒了一杯温水喂她喝下去。她开始呕吐，吐出一地腥臊的酒，还有血。后来她躺下，我坐在床边看着她，她很快便睡了过去，安静的脸像一只溃烂的紫茄子。究竟发生了什么？究竟发生了什么？究竟发生了什么？究竟发生了什么？究竟发生了什么？我的嘉庆，一直以来被伤害、被踩踏的嘉庆，她只想要在冬日找到一份温暖，屋子里弥漫在玻璃上的火锅热气带来的充满在空气中的、冬日里的温暖。她似乎从未看见过幸福的影子，但却依旧坚硬。也许，过了这个冬天，她会好起来。我在五年后，依然这样告诉自己。

第二天，当她醒来，我终于知道她度过了怎样的一个夜晚。她做了一个书写的手势，我找来笔纸递给她。她写。她从顾晏生的诊室出来之后，回到家，洗了脸，画了浅浅的妆，简单整理了一下自己，便出门。她像往常一样，在吧台要了一杯冰水，等待她的熟客来找她。一个身材魁梧的男子走到她身边，不由分说，拉了她的手便走。她被生拉硬拽到一个包间里坐下，里面除了她，都是男子。由于职业性的礼貌，她并没有起身离去，而是安静地坐着。他们喝酒，偶尔给她倒一杯，她笑笑，不说话，举起杯来一饮而尽——她的酒胆从来都不缺。她只是奇怪，为何偌大的房间里只有她一个妓女。但她不会这样问，她要做的只是倾听。

其中一个男子有些微醉了，狠狠拉过她，将手从领口伸进去，触着她的乳。她皱一皱眉，轻微挣扎。他在她还没反应过来的时候，重重赏了她一耳光，她被甩出去很远撞在门上。瞬间产生的剧痛让她有些头晕目眩。他扑过来，揪起她，一只手便将她拎起来，摔在沙发上。他的同伴，自觉地向周围散去，在沙发上留出一人多长的位置。

臭婊子，出来卖还不让碰……我就要碰你、上你，还不给钱，你能把我怎么样……你怎么样？反抗啊！你反抗啊！哈哈哈哈……打她的男子咒骂着再度扑向她，双手隔着衣服紧紧扣住她的乳房。她开始反抗，奋力地。她的反抗更加激起了男子的愤怒，他用尽全力抽打她的脸。她喷出了血，喷了他一脸一身。

臭婊子……肮脏的贱货……你的脏血弄到我身上了。他撕扯她的裙子，她蹬踏双腿，希望能够将他踢开。有人来帮忙，他们按住了她的手脚。她像一个要被五马分尸的犯人一样，被分成一个“大”字按着，男子撕掉她的内裤，把生殖器狠狠地插进她的身体里。她的眼球突出，快要爆裂，哽咽着张一张嘴，却没有发出任何声音。又有血从嘴角渗出，顺着她的脸，流到脖子和耳朵上。她闭上眼，听见很多笑声，高低粗细不一——魔鬼一样的笑声——比她父亲的笑还刺耳。

他抽离她的身体时，她几乎已经奄奄一息了。又有别的男子骑上来，她动一动，不再挣扎。先前的男子抽出皮带，一下一下抽打在她身上，每抽一下，她的身体就跟着剧烈地痉挛。她的颤抖更增添了他们的快感。他们一个又一个，轮流扑向她……直到她什么都听不见也感觉不到了……只有灯，刺眼的灯。她动一动，想把那强烈的光线遮挡住，却又得到一个重重的耳光。她喷出一口血，头倾斜在了一边……

她听见女子兴奋的尖叫和欢呼。妓女染！妓女染！高贵的妓女染！挑客人的妓女染！你不是清高么？你不是不跟你的客人上床么？这下你知道了吧，你就是一个妓女、一个贱货、一个婊子。你以为你比我们高贵到哪里去了？还不是劈开两条腿赚男人的钱？现在让你劈开腿也挣不到一毛钱！哈哈哈……你以为你是什么？一只落魄的麻雀！绝望了？！宿良不会来救你的。你就绝望吧，绝望吧！让你绝望的，不是他不能来救你，而是我们粗暴地剥夺了你攀上枝头做凤凰的机会！哈哈……

待她醒来。待她醒来，一切都安静了下来，她发现自己睡在血水里，很温暖。房间里只有她一个人和刺眼的光线。她爬起来，跌跌撞撞向门口走去，越走越远。要叫一辆出租车，要回家，要喘息，要活下去，要……她还可以走，还可以支撑到家。她的双腿撕裂地痛，走着走着裙子就染上血。爬也要爬回去！她顶着狂风，皮肤被吹打得四分五裂。她弓着身体，以坚不可摧的姿势抵抗着巨大的疼痛。她爬上一辆出租车，报出她要去的地方，好心的司机惊慌失措地载着她，把她送到门口，没有收她的车费便离去。

嘉庆……不要做妓女了，回家吧，回家吧。回家至少不那么痛。我开始哭泣。她摇摇头，用手轻触我的脸，但不说话。她张张嘴，动一动，便剧烈地咳，咳出带血的痰。

她的电话响起来，屏幕上显示一个叫“宿良”的名字，我把电话递给她，她按了通话键，用指甲在听筒上拍打几下，发出啪啪的声音。嘉庆……怎么不说话？嘉庆？我听见电话里的男子声音。她又拍了几下，对方依旧在唤她的名。她有些焦急，将电话递给我。我接过电话，将发生的事情简单说了一下，男子便问我要了地址，说要来看她。挂掉电话，她在纸上写：宿良，我的第一个客人。给了我很多钱。

很快便有人敲门。我打开门，门外的高个男子向我点点头，我是宿良，他说着冲进来，径直走到床边坐下。

嘉庆……他眉头紧锁，痛苦而绝望地看着她。

我很好，谢谢你来。她写，嘴角微微上扬，露出她一贯的、招牌似的、不宜让人接近的、冷艳的微笑。尽管她那张脸肿得像一只酱紫的茄子，但依旧挡不住她笑容的美丽。

是谁干的？宿良问。

她摇摇头写，不知道，但这并不重要。

去医院吧，嘉庆，我带你去医院。他说。

她再次摇摇头。

以针尖穿越时间的方式

每个人，都在寻找各自的出路。有时候也会有这样的小愿望：轻装上阵，在未知的旅途中感受鸟语花香，不需要伴侣，亦不需要咖啡和香烟。可以随意地停在某个陌生的路口，微笑地看着人群熙攘。老者在画像，吊兰垂在窗台，公鸡在走来走去，自己在阳光下，金鱼在水里，城市浸在温柔中。可是，当最后一支香烟熄灭，最后一支酒杯砸碎，是否也会感觉到弹尽粮绝穷途末路，是否也会贱泪盈眶不愿回头观望。若盲，便看不见任何枯萎。

嘉庆在床上躺了半个月，每日醒来除了喝少量的水，便是盯着某个地方发呆，不吃任何东西，也不说话。淤肿逐渐消退，显现出她原来苍白的皮肤。那些破成烂泥的伤口逐渐愈合的时候，她感到浑身奇痒无比。她用力抓挠，将它们再次抓烂，伤口处流着红的、黄的液体。她躺在床上，床单上到处都是她留下的干巴巴、硬邦邦的液体凝结物。我无法阻止她这样做，待我下课回去之后，她早已一身溃烂了。

我日日去看她，住在她家。一方便日日用各样的谎言帮我瞒过生活老师夜间的查寝。幸好还有半年便毕业了，生活老师也疲于与一方纠缠，便放过了我。嘉庆越发瘦下去，身体蜷缩成核状。双手的青涩血管突出，无力抓住任何东西。她的脸，巴掌大小，两腮深深凹陷，颧骨嶙峋地突出，嘴唇干裂，像覆了一层盐，时而有温热的血流出，她伸出舌头把血舔掉。她的眼睛大而空洞，粘在脸上，经常很久不眨一下盯着一处，让人以为她盲了。唯有呼吸，她还在呼吸，鼻子现在是她的感官里唯一派得上用处的。

我知道自己救不了她，她需要的不是我。但倘若再这样下去，她真的会死去。于是，我用她的手机拨通了顾晏生的电话。

他在傍晚来到嘉庆家里。忽然看到顾晏生，嘉庆动一动，眼神也活跃起来。她张开嘴，却发不出任何声音。许久，他握着她的手，彼此注视，好像周围的一切都不复存在。嘉庆开始流泪，自那日她回来后，她从未流过一滴眼泪。痛苦滋生软弱，软弱消磨力量。她写。但她在他面前流泪，无声无息地，阔气地流。为了不弄疼她的伤口，他轻轻将她抱在怀里。她的身体剧烈颤抖，像一只幼小的、受了惊吓的、垂死挣扎的小动物。

嘉庆，都过去了，你会好起来的，我爱你，我在你身边，你一定要好起来。他说。

我将刚熬好的热粥递给顾晏生，他接过来，舀一勺，放在嘴边吹了又吹，又用嘴唇试了一下温度，小心地送到嘉庆嘴边。她张开嘴，让他喂她吃进去，吞咽的时候，眉头皱紧。喉咙很痛，是么？他说，等你好些了，我带你去医院。顾晏生的温柔像阳光，抚摸她的肌肤。我慢慢后退，退了又退，萎缩在墙角。记忆的纹路，好像远古的初民结绳一般，在手腕的脉博里最细微的跳动之处嵌入一枚海贝的颗粒。于是，在某个夜晚，我听见河流在距离心脏最近的地方沽沽流淌，盛放疼痛而甜蜜的绝美。每个人，都是孤立的宇宙，心中都有一片漆黑的森林。偶尔有光线透过，稍纵即逝。跋涉山水，只想找一个人一同走过。其间滋生了贪念，徒劳地想要抓住幸福。到最后却只抓住一粒流沙，忘了曾经怀念谁。

我收拾好东西告诉他们，学校里有事，我要走了。嘉庆对我挥挥手，之后在纸上写了些什么，然后递给我。她写：谢谢。我看看她，关门退了出去。也许是因为风，树叶贴着地面旋转、飞舞。我裹一裹衣服，朝学校走去。起风的城市，凛冽的寒，如同我的心。嘉庆终究在我面前，陷入别人的怀抱之中。这么多年——我以为这时间足够久了，久到她会发现我一直都以针尖穿越时间的方式，爱着她。而她，却始终在我身边，在离我不太亲近的地方说着感谢。生活，总是以喜剧的形式浮于表面，背后，却是没完没了的悲剧。接受吧，我告诉自己。这便是一切真相。我走回寝室，看到一方正在与生活老师搏斗着，竭力为我的不在场编造出各种理由，见到我，先是愣了一下，之后便笑。我迅速洗漱，躺在床上，用被子蒙了头脸。这便是一切真相。这便是一切真相。

幸福不是拥有你想要的一切 而是你拥有的一切都是你想要的

幸福不应该只是一种感觉而已。幸福不是拥有你想要的一切，而是你拥有的一切，都是你想要的。

顾晏生扶起嘉庆，慢慢地站在地上。她双脚接触到地板的时候，身体摇摇欲坠，她甚至没有力气支撑起瘦弱的身体。他抱起她，把她轻轻放在椅子上，而后走到窗边，把被她的血染得面目全非的床单被套统统换新。最后，他脱掉她的衣服，用湿热的毛巾为她清洁身体。她感到有些羞耻，闭上眼睛，一动不动。她拿着她的客人们给的大把钞票时，她不觉得羞耻。她与宿良翻滚在柔软的床上时，她不觉得羞耻。她的身体里被强行插入很多条肮脏的生殖器、流着不洁的血时，她不觉得羞耻。现在，她赤裸在顾晏生面前。她感到羞耻。她知道他早就见过她的身体，在西藏的时候，但他一定没见过像她如此残破又丑陋不堪的身体。

她感到羞耻。

在他为她清理好身体、敷上药膏打算把她抱回床上的时候，她睁开眼睛，拉扯着他的胳膊摇摇晃晃地站起来。她站起来，用双臂环住他的脖子，干裂的嘴唇贴近他的嘴唇。他们亲吻着。他在一瞬间觉得周围的一切都不存在了，只有她的唇、她的吻，有些刺痛。他紧紧抱住她，用湿润的舌尖舔着她干涸的唇。她微微张开嘴，享受着他的亲吻。她的嘴唇，带着潮湿温暖的温度，美好又安静。他喘息着，将整只舌探入她的口中，与她的缠绕在一起，他尝到甜美的香草味。他抱起她，向床边走去。在他快要完全压住她的时候，她费力地用胳膊支撑起身体。

她坐起来，用手轻柔地抚摸他，脱他的衣，嘴唇却始终没有分开。起初，顾晏生不愿意在嘉庆面前脱下衣服。她并不着急，温柔地吻他，直到他的喘息声完全将自己淹没。她帮他脱去上衣，又顺势跪在地上——反正她的双腿和双脚也无力支撑住她的身体，跪着比站着更让她觉得舒适。她细腻地打开他的腰带与裤钮、拉下拉链，慢慢地将他的裤子褪至脚踝。而后抬起头，把属于他的最性感的部位，密密地含在嘴里。他闭上眼睛，发出低沉的呻吟。他确定自己是勃起的，他的身体，自由地跟着她的律动，舒缓，膨胀，欲罢不能。

他拉起她，小心地把她放在床上。她翻了一个身，滚到床的另一边，弯曲身体，将头探到床下。她赤裸的身体弓成一只细滑的海豚，背上有嶙峋的伤痕。海豚瞬间便潜入软被波浪，一会儿，她微笑着浮出被面。他意识到自己的情欲已经被她撩拨到极限，一切都逼近了爆发的临界点了。这种感觉，他再熟悉不过了，尽管过去他从来都无法将这种感觉继续下去。但是，现在他知道自己可以。他吻着她的身体，一遍又一遍。她的皮肤干燥、冰凉，到处都是私密的小伤疤。她的下身看起来像有着好看弧度的贝壳，那小巧的皱褶比贝壳表面更柔软、更咸滑。

他进入了她。他感到海水正向他的身体涌过来，浸湿他、吞没他、征服他。他猜想她的前世一定是一只孤独的美人鱼，上半身是女子，下半身是大海，而心，是飘零与忧伤。一浪接着一浪，他希望自己就此溺毙，这样，他便能将此刻的感受留成永恒。他竭力地控制着自己，他还不想那么快便达到高潮，但一再的触碰，让他毫无退路。他欢快地射精，颤抖地拥抱她。他想还是不要溺死的好，活着的感觉更好。他们一次又一次地做爱，直到筋疲力尽，尽管她的抚摸仍然能轻而易举便撩拨起他的欲望。最后，她在他的臂弯里沉沉睡去的时候，他开始祈祷，感谢所有发生和存在的一切。

不知过了多久，他的电话响起来，把他吵醒。他的妻子在电话那头问他什么时候回家。我要值夜班，不回去了，你先睡吧。他说完，挂掉电话，把抱住她的手臂，更紧一紧。今夜，他不想回家，不想做任何事。他只想与她忘情到天光大亮，呐喊到声嘶力竭，爱到两败俱伤。他想她一定还不知道，在他们做爱之前，他还是个处男。他的身体，从未像现在这样躁动，渴望亲吻与拥抱，渴望性爱，渴望深入某一处狭窄隐蔽的空间，释放他封存已久的激情。她醒来，看着他，对他微笑。

对不起，他说。

谢谢。她做了一个口型，没有声音。

顾北说 只有你的未来 才能挥霍我的现在

这世界上，总有一种感情比依赖更纯粹些，就像嘉庆和顾北。

顾北来看她时，她已经长出了新的皮肉，粉红色。伤口像细月，挂在皮肤表面，淡淡的。痊愈是一个非常残酷的过程，皮肉的开合，似含羞草，遮遮掩掩的，让人疼了又痒。我知道你不会说疼。顾北说，那么可以说点别的。

痒。嘉庆从嗓子里挤出一个字，然后剧烈地咳。

他死了。嘉庆写，我不知道是好还是不好，我从未说起过悲伤。我以为他的死与我无关，我与他，只是流淌着相同血液的陌生人。但我发现，他死了，让我那么伤心。他还没有把他欠我的爱偿还给我，便死了。我去看他的时候，他试图抓住我的手，可我躲开了。我看着他的脸，那上面爬满死亡的经脉，但却有孩子般的无助。我当时就想，真是一张孩子脸。我想着想着，然后他就死了。为什么他死的时候，你不在他身边，只有我在。

他需要的不是我，而是你。顾北说，你知道的，他也只是一个破碎的人，虽然他并不应该拖着你一起走向毁灭。我们的父亲，他从头至尾都只是个如假包换的男子而已。他脖子上挂着很粗的金链子，响亮地把滚烫的茶吸进腹中，他抽烟喝酒打麻将，用力地跟他的妻子做爱，然后养大她为他生的小孩。直到有一天他发现，他的妻子不再愿意与他做爱，甚至不愿意多看他一眼，也不看他的孩子。她打扮得花枝招展，但不是为了他。她疯疯癫癫地出门又疯疯癫癫地回来，他抱着她，为她收拾残局，照顾她生的孩子。直到她死了，他还要打着寒战、流着泪收拾她那已经被砸得稀烂的、恶心的身体，送她下葬，让她入土为安，然后带着她留下的孩子继续生活。他一直都没有变。就是因为他一直都没有变，她才觉得安心，安心地走到生活之外游戏，安心地死亡。他的改变，是在她死亡之后才发生的事。那只是因为他们分别得太煽情，他太想念。而你，是她留给他的唯一遗产。

房间里安静得听得到呼吸。嘉庆将一张脸深深埋进两只手里。那个早已在她的生活与记忆里被她驱逐的无影无踪的男子，在他死后，又重新回到了她的记忆中。她的一生，都在为了躲避他而逃亡。她逃到离他很远的北方城市生活，城市很大，大如影，让她觉得自己的生命完全是多余的。她活在多余里，偶尔制造一些这样那样的小情节，好让自己活得不那么虚假应景儿。有时候她也想一死了事，可他还没死，她怎么能比他先死。于是便活着。

嘉庆。她听见顾北唤她，便抬起头。病好之后，你去哪里？顾北问。

继续做妓女，换一个夜总会。换汤不换药而已。她写，不要以为贫穷不幸的人，就善良高贵，而事实绝不是这样的。这样的人，比富人更加丧心病狂、恬不知耻。就像我，因为没有什么可以失去的，所以我从不觉得羞耻。那些妓女们，常常冲着我吼叫：你以为你是谁，你有多高贵，还不是一样要脱了衣服挣嫖客的钱。她们说的没错，我从未觉得高贵，就像她们找了一群人轮奸了我，我也不觉得羞耻一样。我是一个妓女，我的身体本来就是客人们玩弄的工具，粗暴或温柔，又有什么不同，只是疼与不疼，感觉上的区别罢了。更何况，疼痛对我来说，本来就是与生俱来的。出卖身体并不可耻，贫穷才可耻。

我找算命师卜了一卦。顾北说，你会消失在这世界上，很快。我也是，没有你，我便失去了存在的意义。但是，只有你的未来，才能挥霍我的现在。

那最好，越快越好。嘉庆无声无息地说。

你在我脸上重重打响一记耳光　疼到笑了

生或死，必有一种选择。若选择生，这世界定要有一处容身之地。融进去，以适者生存的标准不断转变方向，她需要一个姿势。她知道好与坏，没有明显的界定。后来她告诉我，活得检点不如活得香艳。绝对地堕落。人究竟能堕落到什么程度呢？

《圣经》上说，已有的事，后必再有。已行的事，后必再行。日光之下并无新事。

伤好之后，嘉庆换了一家夜总会，继续做妓女。她买了聚拢效果很好的内衣，在胸前挤出一个小巧、性感的沟。她穿低胸、暴露的裙子，高到离谱的高跟鞋和能看得清内里的透明内裤。她拎精致的小手包，都是些廉价的冒牌洋货，里面塞满钞票和避孕套。她画很浓很浓的烟熏妆，凸显着一双眼睛，大得吓人。她把头发染成火红火红的颜色，打一个高高的、小小的髻，当她扭动的时候，掉下来一些碎发，蜷曲在她细腻的脖子上，好像一只火红的长毛狐狸。她不挑客人，高矮胖瘦或是否有口臭狐臭，只要付得起钱，都能带她去任何他们想去的地方，做所有他们想做的事。她不再开口说话，只是喜欢笑。她的笑风情万种，暗藏着各式各样的语言。挑逗地、明白地笑，无关痛痒地、佻皮地笑，含情脉脉地、欲仙欲死地笑，诉求地、饥渴地笑。她漫无目的，四处留情。有情无意，因此她从不担心伤痛。

嘉庆还喜欢上了跳舞，她报了一个舞蹈班，开始很认真地跳。白天，她汗流浃背地跳完舞后，晚上到夜总会把新学的舞蹈跳给她的客人看。她的动作到位、腰身柔顺、肢体健美。男客们一窝蜂地涌向她，她从每个人手里抽一张不会让他们心疼、甚至都会遗忘的小钱，塞进乳罩里。最终她锁定一个人——通常是被她抽走钱最多的那个，她挨着他，蹭着她，一只手勾住他的脖颈，另一只手秘密地伸向他的两腿之间，摩挲。有人问她叫什么名字，她心情好的时候，会握住他们的手掌，在手心里写一个"染"字，然后笑成一朵艳丽的花。很快她便又出了名。他们叫她哑巴妓女，也有人叫她哑巴染。他们说她爱笑爱跳爱喝酒，就是不爱说话。他们传说她即便是在床上，也不例外，做爱的时候哼都不哼一声，死人似的。她心想，若是她哼出声让他们听到，他们会觉得她还不如死了好。于是有人说她是哑巴，也有人说她不是。总之越来越多人觉得她新鲜，一个只会笑不会说话甚至不发出任何声音的女子，做妓女！她看着他们，像站在高楼上看风景，锣鼓喧天、喜气洋洋的。她知道一切都只是逢场作戏而已，很快便消失得无影无踪。如同成群的蜜蜂簇拥着蜂王，她满身都是蜜。

那天她跟着一个又矮又胖还有些谢顶的男子走出夜总会，去另外一家离得不远的酒吧。男子色咪咪地让她跟他走，说包她一整晚，付三倍的钱。她便跟着他走。他们走进酒吧，一些女子正站在一个几十公分高的台子上跳舞，她身边的矮胖子乐呵呵地盯着她们扭腰摆臀、搔首弄姿，甚至忘记请她坐下。酒吧里还有一些看上去比嘉庆年纪大很多的女子，可能十岁也可能更多。她看着她们，即使是在昏暗的光线下，即使藏在厚厚的粉底下，衰老还是毫不留情地显现出来。她们的脸上，时不时流露出一幅饥渴的模样，或许是过于想表演青春依旧、欲望强烈的好戏，想在这破破烂烂的酒吧里多待上几年。每当年老的女子们脸上露出绿色的饥渴时，年轻的女子们便会紧张起来。她们站在高处舞得更起劲更风骚一些，同时也侦查着对手的一举一动。她笑起来，泾渭分明的两大阵营的对峙。她似乎明白了，带她来的矮胖子，也是为了她们才来到这里。

她脱掉外衣，露出裸露的裙。她轻盈地跳上那个台子，和着音乐的律动，跳起舞来。她甩着屁股、扭着腰身，有意无意地露出她的透明内裤，只一瞬间，便又用裙子盖得严严实实。先前在台子上跳舞的几个年轻女子，狠狠地瞪她，翻着白眼跳下台去。她不管不顾，自顾自地跳，跟着音乐变化舞姿。她看见她的客人瞠目结舌地张着一张臭嘴看着她，口水快要滴下来了还浑然不觉。她对着他笑，挑逗地舔一舔嘴唇。酒吧里的很多男女也都望向她所在的方向。狭窄的空间里，她让自己变成了耀眼的星。

她忽然就停下来。跳下台，在众人的目光中朝她的座位走去。她的客人跟在她身后，一只手刚摸到她屁股的时候，她的胳膊被一股很大的力量拉了一把。她踉跄着后退了几大步，在她感觉无法保持平衡就快要跌倒的时候，有人从背后搂住了她的腰。她回过头，所有声音、欲望、感觉、物质，所有人，顷刻间消失。

他在她跳舞的时候看到了她。是方染谷！方染谷看到了她！

嘉庆，你怎么在这里？！你在干嘛？！卖淫么？他大声质问她。

她笑笑，温柔地推开他尚还握在她胳膊上的手，走回她的座位上坐下。她的客人迅速向她身边挪一挪，紧贴着她的身体，一只手死死搂住她的腰，另一只手伸到她的两腿中间，隔着裙子粗鲁地摸索。他问嘉庆是否认识抓住她的男子。嘉庆用舌尖轻舔了一下他肥胖油腻猪头一样的脸，然后摇摇头，表示对方认错了人。方染谷忽然间冲到她面前，一把揪起她身边的矮胖子，重重地一拳，挥到他脸上。矮胖子球一样向后跌，撞翻邻座的桌椅，摔倒在地上，鼻子里、嘴里登时便流出了血。嘉庆扑过去，搀住疼得怪叫的客人，狠狠地瞪着方染谷。他追过来，拽着她的胳膊便往外拖。她被他拖着拽着，拉死狗一样拉出酒吧，拉到他的车前。他打开车门，狠狠地把她甩进去，而后迅速打开驾驶座的门坐进去，轰响油门，车“吱嘎”一声便飞了出去。

沉默。安静。再没有比现在更安静的了。她害怕这安静。可以喧天笑语，但别安静。可以鸡飞狗跳，但别安静。可以呼天抢地，但别安静。可以支离破碎，但别安静。他一路开车载着她，回到他家——他们曾经的家。一切都和她走的时候一模一样，他好像让时间停在了那一刻。她坐在沙发上，那张他曾与另外的女子演出热烈激情戏的沙发。他递给她一杯温热的水和一件她留在家里的外套，他拉着她冲出酒吧的时候，来不及连她的外套一起带走。她接过她一直用的那只杯子，喝了一口，而后将杯子放在桌上。

他把外套披在她身上，上面还留有她喜欢的古早味。他走到不远的开关处，打开一盏微弱的射灯。然后走回来，坐在她身边。

你离开之后……我的时间变得很混乱。他沉默了一会儿，然后说，我似乎无法掌握住它，一会儿快一会儿慢，我也因此感到不安而沮丧。我找过晏生，我以为你会去找他，以为他知道你在哪里，但他似乎也并不知道。我每天下班之后，都会去你过去常去的酒吧等你，以为迟早有一天能碰到你，但你始终没有出现。其实今天我原本也应该在那些酒吧晃悠的，但被客户临时约出来，却没想到碰见了你。我渐渐习惯了一个人不出声地过日子，像你没来之前一样。白天忙得头晕，晚上便去等你。我发现自己甚至连吃完一顿饭的耐心都缺失了，我从不知道感情的余威竟有那么大的杀伤力。后来，我不得不告诉自己，你是真的走了，我再也找不到你了。那天晚上我喝多了，我甚至不记得跟我回家的女子究竟什么模样，那之后她也没再找过我。你怎么会在房间里，你为什么不出来制止我？对不起，嘉庆。我知道即便我说对不起，你也不会回来。他抱住她。

她用力推一推，将他推开，轻轻摇头。她让他取来笔纸给她，她写。经过了就够了，不用一再追问。该舍弃的就舍吧，不要一直抓着跟过去过不去。这一切，都是我的错。如果我承认那全都是我的错，你的世界会不会因此而变得美丽一些。我不怀恨在心，只是轻视，轻视那夜所发生的一切。那感觉像……你在我脸上重重地打响一记耳光，疼到笑了……我知道，这样的事情，迟早都会发生，由来以久。从你说我不爱你的那一刻起，就已经植入了怨恨的种子。这是我的错，但无需一错再错。在感情里念旧，我并不以为这算得上是一种美德。大家都说合久必分、分久必合，但我所看见的，只有合久的分了，却从未见过分久的合。无论你说爱或者不爱，又不是在唱歌，就算你再认真也不会变换风格。你看，我的嗓子坏了，不能说话，只能写。过些日子，我会去医院。我现在是个妓女，你刚才打的那个人，是我的客人。看来这次，我又要失业了，或者要再换一个新的夜总会。你知道，无论做什么，换一个新的环境重新开始总不是那么容易的事。

他看着她，什么都不说，忽然就流泪。他死死捧住她瘦小的脸，用力亲吻。她挣扎纠缠，尽可能地躲开他。

我付钱！他说。

嘉庆先是愣了一下，随后整个身体都软了下来。她闭上眼睛，由着他将自己抱起来走进卧室，放在床上，褪去衣服。他的唇轻轻刷过她的耳垂、她的脖颈、她的乳。她始终闭着眼睛，不回应他的吻，也不抗拒。他进入她的身体，不断冲刺，他激动地看着她那染成火红色的头发混乱地散在床上。他的嘉庆，他爱了那么久、找了那么久、等了那么久的嘉庆，现在就在他的怀里，他能完全感觉到她、触摸到她。嘉庆在他全身颤抖到达高潮的那一刻睁开眼睛，看着他。他看到她的眼神，充满陌生、鄙夷与厌恶的眼神。那眼神分明就在告诉他，一切终于结束了，她如释重负。

他看到了。

只是不能说话而已　还可以微笑

这一年冬天，北京早早就下了雪。嘉庆不断地要搬家。从浙江搬到北京，从方染谷家的高楼搬到胡同深处，最后她搬进了医院的病房，又从一个科室搬到另一个科室。

嘉庆时常呕吐，吐得她只想喝水不想吃饭。顾晏生来了家里，说带嘉庆去看病。我和嘉庆便跟着他，一同去了医院。检查之后，医生说要马上手术，但她从此将无法说话。她笑笑，不以为然，死到临头了，还有什么不能舍弃的，反正早就不能说话了，也没什么可说的。她坚持不让顾晏生付钱，用她当妓女挣来的大把钞票，为自己付了住院费和治疗押金。之后她穿上肥肥大大、带着浓烈的消毒水气味的病号服，住了院。嘉庆真是穿什么像什么，穿着暴露衣服的时候，像个妓女——她本来就是个妓女，穿上病号服，就真真成了病人。我回到家里，整理了一些换洗衣物和必要的生活用品拿去医院。

我在手术同意书上签下自己的名字，以薛嘉庆妹妹的名义。刀口是从她喉咙的一端向另一端，杀鸡似的切开。我与顾晏生，在手术室外等了很多个钟头。她被推出来的时候，由于麻醉药的作用，还没醒，脖子上缠着厚厚的绷带。我们随着医生一起，将她推进病房，慢慢挪放在病床上。不能用枕头。医生叮嘱。于是便直挺挺地躺着，一动不动，像具死尸。

待她醒来时，看见我便微笑，虚弱又苍白。她张张嘴，做了一个口型，但没有声音。我说，很痛，是么。她便又笑，表示我答对了。

嘉庆，要忍住。会过去的，会好起来的。顾晏生说。

她就又笑，笑里还有眼泪，“吧嗒”一声，落在病床上。是太静了，太静了。静到我能听到眼泪垂落的声音。对于残缺的生命，她一直都在容忍。无论真的还是假的，她都接受，来了的不推，走了的不追。该还的还，该给的给。过去我常劝她不要再做妓女的时候她便说，管它的呢，真的假的又怎么样，就算是假的，也能假戏真做。他们愿意花钱买我的身体、我的感情，若花钱便能买到，又有什么不好的。你永远都不会明白有钱人的把戏。钱可以买到一切，就是买不来时间。时间吞噬一切，等你发现时间其实是个贼的时候，它早就已经偷光了你所有选择的可能性。你看我，就是这样。

稍好一些之后，嘉庆便坐起来，靠在床上，笑啊笑，总是笑，脖子上还是缠着厚厚的绷带。有时候，她在医院提供的小手写板上写字，有时候张口说话，只有口型没有声音。我就猜，猜她需要这样或者需要那样。她又笑，说只有我能看得懂她在“说”什么，我会读唇语。其实我只能读懂她想说什么而已。顾晏生来看她，方染谷来看她，宿良来看她，她都笑。每当那时我便觉得，她似乎已经得到了她想要的——耗尽她全部的感情、意志、健康和时间所换来的一切。她想要的，不是财富、智慧或那些琳琅满目繁花似锦的物事，只是安静，绝对的安静。她受够了有人在她面前无休止地争吵、撕扯，打得鸡飞狗跳、你死我活的。

方染谷。我见到方染谷，那个让嘉庆离开我的男子，干净、从容又好看。我们看着对方，陌生又熟悉。你是凝安。他说。我点点头，对他无话可说。我要如何质问他为什么要带走嘉庆又让她承受那么多伤害，为什么在她不在的时候与其他女子苟且。我低下头，什么都没问，只是不想面对他。

我的喉咙里，有个洞，吐一口气，或许就能吹出一个大泡泡。嘉庆及时将她的手写板递给我，打破她已经察觉到的、近乎仇视的对垒。我接过来，看着她对我笑。医生走进病房对她说，可以尝试复健，学习一些简单的发声练习，也可以学习手语。她笑着摇摇头，拒绝。发声很辛苦，再怎么尝试也不能像正常人一样说话，不如不说。她写。学什么手语，反正我认识的人也都看不懂手语。她写。她再不想经历任何一件从陌生到熟悉的事，更何况学手语听上去就那么复杂。她拒绝医生的一切建议，然后微笑。只是不能说话而已，还可以微笑。她写。她笑着看病房里的病友们像新生的婴儿一般，咿呀学语。他们写，嘉庆，走走走，跟我们一起去学。他们拉着她，去了复健中心。她顺从地跟着病友们去了一次。回来之后她写，她无法发出任何声音，那些能发出声音的人，也只是难听的、鬼叫一样的哇哇声。她便再没去过。他们邀请她的时候，她就微笑，然后摇头。

一天早上，方染谷来医院，打算帮嘉庆办出院手续，送她回家休养，她却又开始呕吐起来。医生为她做了检查，照了X光片，说伤口恢复没有问题。于是便再留院观察。后来的几天她吐得越来越厉害，喉咙刺痛令她无法忍受，她便死死握住我，指甲深深扎进我的皮肤里，身体蜷缩成一团。方染谷抱起她，带她去治疗室。医生除去裹在她脖子上的绷带，为她清理伤口，说会有些疼，让我们按住她。接下来的过程，嘉庆异常安静。她闭着眼睛，一动不动，额头沁出汗水，皮肤冰冷，眼泪大滴大滴地流。

烈性女子。医生在为她处理伤口的时候说。

是否像嘉庆这样的人，连疾病都会跟着顽固。后来医生告诉我，持续呕吐是因为嘉庆已经怀孕数月了。他们推着她，把她从耳鼻喉科推到妇产科。她们为她验了尿、做了B超，之后通知她，她确实怀孕了。

上次来经什么时候？

她摇摇头，在写字板上写，不记得了。

结婚了么？

她摇摇头。

你要这个孩子么？

她摇摇头。

孩子的父亲来了么？

她摇摇头。

过去有过什么病史么？

她指指喉咙。笑。

要做流产么？

这次她没有摇头。停顿了一下，她点点头。

胎儿已经很大了，要做引产。会很疼，有一定危险，可能会伴随大出血，这是不一定的事。就算手术安全，对身体也非常不好，要有心理准备，术后要注意休息和营养。

她又点点头。

签字！

医生不耐烦地递给她一张手术同意书，她接过来，写上自己的名字。

家属来了么？让家属也来签字。

我流着泪，第二次在手术同意书上签下自己的名字，以薛嘉庆妹妹的名义。

割掉声带　连说疼的权利都失去

这是个谋杀的季节，爱恨在夜里翻墙而过。苍白的苜蓿、嘶哑的冷风迫不及待地将罪恶的手掌伸向华丽的尸体，咄咄逼人地撕裂着腐烂的伤口，猩红的血散发着人们熟悉的氨水味。没有人愿意回头再看一眼，宽容的神也无法饶恕这冰冷的谋杀。可以放弃，也可以继续。可最终，她却选择做一个倒立。倒过来的时候才发现，"倒过来便不会流泪"其实是个弥天大谎。灯光渐收，幕布合拢，戏外人掉了戏里的泪，戏里人流了戏外的泪，所谓圆满。

我是最初的也是最终的凶手。嘉庆写，原本我应该让他活下去，这是我的孩子，生命的初始是没有错的。可我不知道这孩子的父亲究竟是谁，晏生、染谷、宿良，或者那一群强奸了我的人其中的一个。妓女被强奸，这听上去有些可笑，但事实上就是这么回事。若他的父亲是这些人其中之一，我该怎样告诉他，是你的父亲强奸了我，所以才生下你？倘若他问起自己的父亲究竟是谁，我又当如何回答。

妇产科，男子禁入。我独自陪着嘉庆等待又一个手术的来临。做流产手术的女子们按照医生的规定，一个接着一个走进手术室。进去的人通常二十几分钟甚至更短一些的时间便能出来，出来的时候，跌跌撞撞，面无血色。其他人则坐在门口的椅子上等。我与嘉庆，坐在手术室门口排队。听到里面传来一阵阵撕心裂肺的哭喊时，我便握紧她的手。她看看我，在写字板上写，这没什么，我已经习惯疼了。你不要担心。疼久了，便不疼了。晏生之前告诉过我，疼，是心理感觉。

后来我听见医生叫薛嘉庆的名字。她看我一眼，眼神里充满决绝，而后站起来，走进去。手术室的门，"哐"地一声关闭，好像隔开了生死。她在生与死的交界处游离，而我在苟延残喘。我坐在那里，全身打着冷战。时间，走得缓慢，每一秒都切割着肌肤。整个手术过程异常安静，我听到其他排队等待手术的女子们开始窃窃私语起来。她们有人说，手术室里的女子真顽强，一声不响。还有的说，或许并没有那么疼，虚张声势地喊叫而已。我打断她们说，她只是不能发声，但这并不代表她不会疼。我想嘉庆究竟在承受怎样的疼。有谁会把疼当成习惯，长久吞咽。割掉声带，连说疼的权利都失去！如果我疼，并从高处堕下，请承接我的灵魂，亲近亲近，更亲近。以血为酒，如果一定要伤害，请伤害，深入，深入，再深入。这样我可以掩着美丽的伤口，自此，不再接近。要有多丑恶便让它有多丑恶。

后面一名排队的女子走进手术室的时候，嘉庆被像死人一样推了出来，手上插着注射器。医生面无表情地对我说，她在手术中咬破了舌，满嘴是血，后来昏迷了。应该不是故意自杀，而是承受痛苦的限度到了极点而做出的不自觉反应。我们已经做了必要的救治，目前病人没有危险，只是身体过于虚弱，还没有醒来。可以推回病房休息。

我看着她。我的嘉庆，我常不懂，为何在痛与安定之间，她一直不假思索地选择前者。现在她半死不活地躺在那里，头歪向一边，紧闭着双眼。如此静默，静得好像没有呼吸。可那嘴角，微微上扬，带着微笑，那微笑上还挂着妖艳绝伦的血迹。她那样消瘦，比她的灵魂还瘦。瘦得只剩下骨骼，自里向外，透着绿色的、阴沉的浮光。

我把嘉庆推回病房的时候，方染谷和顾晏生早已等在那里。我们一起将嘉庆慢慢移回床上，为她盖上被。她的病床旁边的小桌子上，歪歪斜斜地挤满花。尚还鲜艳的，已经凋零的。我想嘉庆或许根本就不需要这些花，她曾说过她不爱花，花只会更令她感到生命的虚假。但她的病床前还是挤满花。来看她的人——她的顾客和她的妓女同行们，人人怀里都抱着一束花，或大或小。他们只管送，只关心那些花开怀在自己胸前的姿态，并自顾自地为了这些姿态和他们的行为而感动。他们来的时候，咋咋呼呼，热热闹闹，蜂拥而至又一哄而散。而嘉庆，躺在病床上奄奄一息的嘉庆，如同送花人的道具一般，任由他们在她面前随意摆弄自己的感动。我感到腹部一阵抽痛，便扶着床，无力地蹲在地上。方染谷和顾晏生，两个极精致的男子，同时抓住我的胳膊，将我扶起。就在那一瞬间，我看到他们看着对方，眼神中没有仇恨，却充满一样的伤感和懊恼。他们爱着同一个女子，却一再让她在自己面前忍受煎熬与痛苦——或许这些痛苦当中，有某一部分、某一片段、某一场景就是他们亲手酿造的。我挣脱了那两只手，侧身躺在病床的边缘，看着伤痕累累的嘉庆。至少她还有呼吸，还有我。

天黑的时候，嘉庆醒过来，我却睡熟了。方染谷和顾晏生早已离去，只留我一个人陪在那里。一只冰凉扎人的手触碰我的脸颊时，我睁开了眼。我看着嘉庆，她也在看着我。

你还好么？我的声音低到自己都听不见。她怎么能好，怎么会好？！她已经被活着这件事摧残得半死不活了，怎样都看不出来好在哪里。自她出生起，她便一直在做两件事，一个是生活，一个是把生活填满，无论用什么样的方式。

嘉庆在我的手背上轻拍了一下，我知道她是在告诉我，她很好。

我问，你要吃点东西么？

她拍了两下，表示不要。于是便又睡去。

第二天，嘉庆的脸上有了一些血色。她写，腹中生命短暂，瞬间便已经走到了活着的尽头。肚子被掏空的时候，我忽然觉得就只剩下一个空荡荡的皮囊了。疼是疼的，但那种疼无法形容，比情人间的亲吻更内在。躺在手术室里，医生告诉我，引产就好像一次真正的分娩，要耐得住疼。那个时候我才真切感受到，这世界上，没有什么能比疼痛更加接近生命的本质了。生的初始，源自母体如此的疼痛与纠结。过去我以为，痛的感觉远甚于疼。古文里也有“疼，痛也。”（源自《广雅》）“痛，病也。”（源自《说文》）的观点，说明疼不是病，痛才是。痛源自心底，绵绵不绝，是灵魂的声音。带着悲戚，无法弥补，亦难以治愈。痛有多深？精神和心灵有多深，痛就有多深。或许是因为这样，晏生才告诉我，痛，是心理感觉。我想他说的是对的。而我一直觉得，疼，仅是肌肤感觉，可以靠外力来弥补。疼在眼前，痛在心底。但现在我才知道，无论你的心如何痛，都无法与肉体的疼相提并论。挨过之后，你就会明白。所以你看，肌肤的感觉加上心灵的感觉，便构成了生命。

最终。她倔强地以决裂的姿势，把那个不知道父亲是谁的胎儿甩出了她的身体。拳头大小的心脏被撕扯得疼痛不堪，被撕扯得四分五裂地哭泣。她坐在病床上，举着个小镜子，端详那张毫无血色、几乎瘦得没有人样的脸，眼睛坏了，头发坏了，皮肤坏了，身体坏了，五脏六腑都坏了。病，疾于骨髓。冷漠、疲惫，疼痛不堪。恍惚中，她的身后站了一些人。方染谷、顾晏生、宿良、她的客人和轮奸了她的那些人。都与她有关又都与她无关。过往的纠缠，只不过是打湿嘴唇、蛊惑眼睛的性爱游戏。她脱光衣服，或端庄或风骚地站在他们面前，任由着他们看着她残破的身体，微笑。她伸出手，放在每个人的脸上抚摸。没有快感，没有温暖，什么都没有。

亲爱的姑娘，请不要摘除他的心脏，否则他会丧心病狂，遗忘你的模样。

亲爱的姑娘，请谋杀他的思维，否则他会大肆兜售淫荡，践踏你的专注。

亲爱的姑娘，请剥光他虚假的衣裳，否则他会将负罪的灵魂伪装。

亲爱的姑娘，请夺下他手中的枪，否则你将遍体鳞伤。

亲爱的姑娘，请帮他买一丝温柔，在他还没铁石心肠的时候。

亲爱的姑娘，请带走他的欲望，让生活变得不那么肮脏。

亲爱的姑娘，请裸露出他的胸膛，风干昨夜的灼伤。

亲爱的姑娘，看吧看吧。他只是丑陋的美丽，邪恶的善良，轻佻的高贵，胆怯的勇敢，软弱的坚强。

亲爱的姑娘，看吧看吧。他只是一只愚蠢的羔羊。

硕北说

不要介意脸上没有笑容

那并不代表脑子里没有笑

哭泣 只是在用别人的错误惩罚自己的软弱

我很想让日光拍下嘉庆欢呼雀跃的、微亮的、线条倔强而棱角分明的脸庞。很想换掉她病床周围拥挤枯萎的纸包花，换上一株朝气向上的竹节，用来伪装出一些春季。很想与她一起住进一间光亮的大房子里，在心无杂念的早晨任剔透的阳光洒满全身。很想她能再开口用缠绵、朦胧的声音唤我凝安、凝安……然而，力不从心。我只能每天早上在她轻轻的拍打声中将沉睡的灵魂唤醒。就算阳光直射，也无法照穿她心里的迷雾。即便没有言语，我仍旧能听见她的哭泣、呐喊与愤怒。任何话语和动作都是徒劳，此后她将用沉默来凭吊她的一生，暴戾又残酷的方式。她与过去一样毫无改变，用她淡漠的笑和沉闷的呼吸，激怒别人，割伤自己。

不久之后，他们便将她从妇产科扔回了耳鼻喉科。她比过去坦然了许多。无非是从一间病房换到另一间病房、从一张病床换到另一张病床的区别而已。病久了便不觉得病了。她写。

我想或许有些论断是对的——当人的某种感官失灵后，另外的一些会变得更加敏锐。嘉庆从此便对气味十分敏感。医院的酒精味、消毒水味、碘酒、氨水、来苏水、洁厕灵甚至尿味，她都很容易便分辨得出它们之间的不同。她写，即便是水，也有各种各样的味道，你看我们多么愚蠢，过去竟从未觉察到它们的存在。她时常写，你刚才吃了铁板烧，你的右手有小鱿鱼的腥味。你今天写论文了么，原来原子笔的干涩味那么浓烈。走廊里有人在偷偷吸烟，如果被医生抓住，哈哈……可是我也想抽一支烟。那边的角落里有人哭泣，我嗅到了眼泪的咸。她告诉我，任何一个空间里，都充满各式各样的气味，绝不只有一两种而已。它们那么复杂地彼此交织在一起，又相互融合。

后来我发现，气味与谎言有关。嘉庆写，医院里的各式气味让人以为，挨过这些，我便会好起来，可终究还是有那么多人死在这里。还有，凝安，我是在说你。即便你翻阅了很多资料、抄袭了各类句式，交了一篇完美的论文，或许到最后，你还是对你所学的一切一无所知，因为你的心住在医院里。那个抽烟的人以为抽一支烟没什么，但说不定那是他能抽的最后一支烟。哭泣，无法解决任何问题，只是用别人的错误惩罚自己的软弱罢了。当然并不是只有气味才与谎言有关。我们所经历的一切，都是谎言。当我拎着那只小皮箱跟着方染谷从你家悄悄离开的时候，我以为，以后的一切会不一样，但这并没有改变我的命运，它只是变得更糟而已。所以你看，就连行李，也只不过是一个承载了某种谎言的工具。有形状、有重量，可触摸、可认知的谎言。

我想。薛嘉庆，她在成了一个哑巴的同时，还成了一名哲学家。

有一天，宿良打了一通电话给我。我去见他，从他手里接过一张支票——一张有很多个零的支票，他以此来总结了他与嘉庆之间的关系。我接过来说，我要去问一下嘉庆是否会接受，若她拒绝，我会再拿来还给你。

她会收下的。宿良说。

我将支票拿回病房递给嘉庆的时候，她写，要，为何不要。我是个妓女，即使现在病了，也还是个妓女。就算如是下去很多年，都还是一样。做妓女的，若中途暂时退场、无法继续工作，但你的客人却一直履行着他做客人的职责，将大把钞票送到你手里，是福气咧。你知道么？做妓女，并不是一个表面化的职业，而是血管里根深蒂固流淌着的血液。那之后宿良便再没出现过，嘉庆也从不提起他，但她常看着那张支票出神。后来她将那张支票放在我手上，然后写，送给你了。你快毕业了，应该需要这些钱，而我，已经用不着了。

那年我毕业，母亲把嘉庆留给她的钱寄给了我，让我带在身上给嘉庆治病。可方染谷早已在医院预付了一大笔钱，作为她的医疗费用。直到她出院的时候，那笔钱还退回来很多。于是，我在嘉庆家里翻出她的身份证和户口簿，用母亲和宿良给的钱，以薛嘉庆的名义在一个相对安静的位置买了一套阳光充足并带有一个小院的大房子。精致地装修之后，我又根据嘉庆的喜好，购置了价格不菲的老式木质家具——那笔钱多到足够支付得起这间房子里的一切花费。最后，我退掉了她先前租住的平房，将她的物品及我的都尽数搬了进去。

嘉庆出院的早上，有一点微弱的阳光，顾晏生请了假来接她。嘉庆不让我将她的过多情况告诉方染谷。她写，已经过去的事情，就不要再重新来过，即使再来一遍，结果也不会有什么改变。就连她的医生，她都让我反复叮嘱。医院是会尊重病人的隐私的，所以嘉庆要出院的事情，方染谷并不知晓。我知道嘉庆这样做，是因为她爱的男子，始终只是顾晏生而已——毫无结果的爱恋。嘉庆站在阳光下，她似乎有些不太习惯阳光和冰凉的空气，于是她戴上眼镜，又围了两条长长的围巾。顾晏生开车载着我们，去了她还未去过的、属于她的新家。

她看上去有些吃惊，但很快便恢复了她惯常的漠然，而后微笑。那天，顾晏生留在我们的新家，一整天都没有离去。嘉庆随身带着一个小本子，走到哪就写到哪。她坐在沙发上，顾晏生坐在她旁边，我则在厨房里准备一些食物。她写，我似乎已经忘记我生命中，一切重要的和不重要的事，在我尚未分清什么重要、什么不重要的时候。

但你还记得我。顾晏生说。

她笑。然后写，幸好还有不能忘的，否则我真的以为我已经死了。现在的我，老、病、死，都离我只有一步之遥而已。就好像长在地里的哈密瓜，一直生长。当皱纹遍布全身的时候，它便死了——被人从地里摘下来，生吞活剥，送入腹中。

你不会的，你又不是哈密瓜。一个好端端的人，怎么可能凭空在这个世界上消失。顾晏生说。

晏生，晏生……她写。就算不能发出声音，她还是喜欢晏生、晏生地唤他。我并不觉得难过，只是疲倦。你知道流血、刺痛的感觉么？我以为，这感觉，像文身。真切地疼痛与享受，欲罢不能。血和文身的美丽，无可比拟。我住在医院里的时候常常回忆过去，但后来我发现其实没有多少事值得我去频频回首。一件件，一桩桩，我仅有的那点故事都跟皮肉有关，不是挨打便是性交。我似乎从未善待过自己的身体，但这并不是我的错，因为生活并没有赋予我善待它的权利。我挖空心思活着，或寻找活着的出路，用尽全力、毁灭性地找，到头来，还是狼狈不堪地住进了医院。

你只是失去了声带，但声音并不是你的全部。

……

我在厨房里，只听到顾晏生一个人的声音，自说自话一般。

天黑的时候，我端上做好的饭菜。嘉庆走到窗前，打开窗帘，让街上的灯光照射进来。我看着她，她一直都这样活在自己的矛盾中。光线直射的时候，她拉上窗帘，尽可能躲开。黑夜里，她却需要一些光。从理智出发，被现实埋葬。多美，好像舞台。到处都有月亮。她写。她站在淡蓝色的夜里，忽然就流泪，在心里剥落英勇的痛感。

最后，她用袖子抹掉眼泪，在我与顾晏生的一再呼唤下，走回餐桌前，坐好。她写，对不起，是我让你们悲伤了。但你们应该知道，成年人的眼泪，从来都不是恳求。

爱情是我们之间最重要的生理器官

少了欲望带来的空虚荒诞，时光走得花好月圆。每一日，我与嘉庆都一起度过，不惊险亦不困乏，好像年老的爱情一般，悠悠长长。清晨，嘉庆早早便起来，煮清甜的米粥，待我吃过早饭去上班后，她便独自待在家里翻翻她那本已经很旧了的《圣经》和一些古文，或是在花园种一些植物。嘉庆偶尔还是会去跳舞，但只是自己跳。每个周末公休日的时间，我们便一起去驾校考驾驶证。嘉庆早在跟方染谷一起的时候，便学会了开车。她常开得飞快，头发、围巾都飞起来。我跌跌撞撞小心翼翼地跟着，吓得魂飞魄散。

毕业之后，方染谷便让我去他的公司一个重要的部门上班，我很容易便找到了人生的第一份工作，虽然我知道，这些都得益于嘉庆。

很多事情的发生，常常毫无征兆。那日我下班回到家，屋里一片漆黑。我唤嘉庆，无人出现在我身边，亦无人冲我微笑。起初我以为她只是出门见见朋友、打打麻将，很快便会回来。像这样的情况，过去也常有。我问嘉庆不能说话她要怎么打麻将。她写，需要吃、碰的时候，拿起一张牌，在桌上敲几声，她们便会等我，自是有办法的。若是糊了，把牌直接推倒就可以了。我打开房间里的灯，换掉鞋子和衣服，走进厨房做些吃的，顺便等她回来。

过了很久，桌上的饭菜已经凉了，嘉庆还没有回来。我有些饿了，便草草吃了一些，打算等她回来再重新热给她吃。饭后，我取出浴衣，走进浴室。她就伏在浴缸里！在离我咫尺的地方，安静地一动不动，纯净而暴烈。我甚至没有发现她的存在！寂静一点一滴地落。她伏在那里，血仍在汩汩地向外流出，新鲜地腥酸血液味道与空气里的绝望搅拌在一起，发出微小又欢愉的声音。我抱起她，她似乎变得非常非常小，两只手便能托起一般，她伏在我的胸口，瘫软成腐烂的泥。

嘉庆！嘉庆！！薛嘉庆！！！我发疯一样地唤她，她不答，嘴角挂着微笑。我摸摸她，身体还是暖的，脉搏还在突突地跳动，呼吸微弱，但尚能感觉得到。我迅速按住她颈部被刀撕裂的、极深的伤口。血，自我的指缝中渗出来，那样滚烫，烧伤我的手。她睡在我怀里，安静地如婴儿一般。我用一只手按住她的伤口，另一只手拨通120急救中心的电话。随后我又打了一通电话给顾晏生，哆哆嗦嗦地告诉他嘉庆现在正全身是血躺在我怀里，或许快要死了。

等待救赎。等待救赎。等待救赎。等待救赎。等待救赎。

我信上帝，信天主，信佛祖，信伊斯兰，信一切万能的、能够赐予人类生命的神。若他们愿意带我走，我心甘情愿皈依。如果有魔鬼，我亦愿意出卖我的全部，甚至灵魂。只是恳求万能的神，放过嘉庆。

我抱住嘉庆，像抱住仅存的英勇。她湿淋淋的稀疏头发紧紧贴着头皮，脆弱的皮肤粘在骨头上。手指消瘦修长，无力地耷拉着，淡蓝色的血管轻微凸起，带着尖锐嶙峋的美感。我哀号着吻向她的伤口。血，腥热，微甜，仍旧自血管中涌出，深邃的血管里翻腾着暗红色的高贵图腾。我全身冰冷，身上、脸上、手上，到处都是血。血混杂着我的汗水和泪，嗒嗒地滴在地上。我抬起头，头上不再有天，四处都是殷红的、流淌着的血。我想起嘉庆曾告诉过我，死亡并不暴烈，像极了情人间的吻，深沉，纠缠，黏住了，便再也不会分开。

等待救赎。等待救赎。等待救赎。等待救赎。等待救赎。

急救车赶来。顾晏生赶来。他们抠开我按在嘉庆伤口上、按得死死的手指，从我的怀里带走了嘉庆。我尖叫着扑过去，让他们不要带走她。她是我的，她是我的，她是我的！没有人能从我的身边将她带走。明天，后天，大后天，一生一世……她都不会离开我！我哭喊着，跌跌撞撞向外冲，却扑进了顾晏生的怀里。

凝安……凝安……你听我说，他们带走了嘉庆，但她不会离开你。医生会治好她的，她会醒过来。我听见顾晏生的声音。

凝安……凝安……不要哭……我听见了嘉庆的呼唤。我知道那不是真的。

凝安……凝安……把你的手给我。父亲说。我知道那不是真的。

凝安……凝安……

我失去了全部知觉。

待我醒来，我闻见了嘉庆曾对我说过的各种各样的气味。屋里气温很低，我全身发抖。我感到一只柔软的手放在我的额头摸了摸，又将盖在我身上的被子塞得更严实些。我看清楚了，看清楚了，是方染谷。凝安，你醒了。他说，晏生叫我来照顾你。嘉庆还在急救，晏生正在手术室外面守着。而我要做的，是守着你。不要担心，你要让自己好起来，才能照顾她。

我闭上眼睛。整个世界都与我无关，除了那个叫薛嘉庆的女子。那个瞬间，我看见嘉庆安静地伏在浴缸里的那个瞬间，忽然感到生命的初始与终结，只不过是人类随性而起地残暴又荒谬的播弄。她的生命，在我的面前一点点地消失，虽然这并非我所愿，但我却无能为力。

我一直深爱着的女子，我再也找不到她了。她在离我最近的地方，让自己的生命一步步走向终结。我靠近她，她的光芒烧得我皮肤生疼。爱情，是我与她之间最重要的生理器官，而她的器官却还未发育便已早早凋谢。我的心，破碎成一片片，激烈地与自己交战。我感到了嘉庆曾经说过的：绝望并且疲惫，毫无痛感，只是短暂的反复缠绕，然后掉头就走，释放决裂的残忍。或站立，或奔跑，想逃离很远，却终究顿寻着那苍凉的脚步亦步亦趋。我慢慢地回忆着，梳理起十年来我与嘉庆之间凌乱又支离破碎的记忆。那些记忆，最终停留在医院某个寂寞忧伤的角落，不断地说服着自己，接受这半途而废的宿命。

真实是美好意愿最残酷的出卖者

多年后，我的记忆力开始严重消退，我记得清自己六岁时的脸孔，却无法记忆起十六、二十六岁甚至更成熟一些的样子。我想那是因为嘉庆，为了根除她留给我的全部记忆，我毫不犹豫地删除了自己的一生。我想我是真的无法再记起她究竟在这许多年里，活成了什么模样。但我记得她常反反复复地叮嘱我说：凝安，记住你的心，守护你的心。一颗心，究竟需要经历怎样深刻的伤痛，才能让我们记得住要珍惜？我在多年之后，用手心抚摸靠近心脏的肌肤，闭上眼睛，感受它生生不息的律动。我的嘉庆，她曾经也是个用心的女子。但命中注定的事，努力是没有用的。成为历史的都叫命运，真实是美好意愿最残酷的出卖者。

嘉庆再次住了院，庆幸的是，她还活着。她的脖子上，又缠上了厚厚的绷带。她不笑也不写字，呆呆地看着天花板伸出右手食指，数蝴蝶。我看着她嘴唇的律动，有其形无其音，但我知道她一定是在数蝴蝶：一只、两只、三只、四只、五只、六只、七只……数着数着，她的胳膊便重重地垂下去，眼皮也慢慢阖上，像个死人一般睡过去。她开始变得嗜睡，一天里只有为数不多的几个小时是清醒的。晏生说，精神遭受极度创伤的人想要摆脱日复一日追随着自己的疼痛，有时候会没日没夜地瞌睡，也有时会让自己的精神回到单纯的孩童时代。又或者，死去。我看着嘉庆，她目光涣散，正朝着我所不知道的陌生地方游离，越走越远。

几天以后，她开始吃东西，而且越吃越多。无论是谁，只要坐在床边，向她递出食物，她便高兴地对对方笑，而后把嘴张得很大，让对方将食物送到她的嘴里。那之后她便眯起眼睛，认真咀嚼，再用力吞咽下去。在她将食物咽进腹中的一瞬间，我看到她的眉头使劲皱一皱，眼珠瞪得老大。只一瞬，便又恢复了嬉笑的面容。张开嘴，继续索取食物。

嘉庆，嘉庆。我唤她，不要再吃了，你一直在不停吃东西，这样下去会得病。

她盯着我看了很久，而后摸摸索索地掏出她的小本子，在上面写下她清醒之后的第一句话后，将本子递给我。

你是谁？她写。

嘉庆，我是凝安，你不记得了么？那天，你差点死在我怀里。我竟然不知道你在家里，在我身边！嘉庆，原谅我，不要假装不认识我。十年前，我们便像一个傻瓜和另一个傻瓜，手牵着手走在一起。我们时常左腿勾着右腿，右臂挽着左臂。我们在清晨的迷雾还未散尽的时候就坐在小凳子上，等着吃母亲做的早餐。你还记得么，坐在凳子上的感觉，很踏实，有活生生的快乐。那时候我家很穷，穷得无法供你上学，但你一直都在笑。常有人说，我们是多么无可救药的两个孩子，但我们绝对漂亮。你怎么能不知道我是谁？

她紧锁住眉，牙齿用力咬住苍白的嘴唇，然后流泪。她的身体蜷缩成一团，猫一样，松松垮垮、洗得褪色的白蓝相间的病号服包裹着她瘦弱的身体。她支楞着一双手，拼命地挥动，想让我离她远一些。我退后几步看着她。她便将整个身体都埋进被里，不敢看我。躲藏在棉被底下的身体，瑟瑟发抖。我退出房间，叫来医生，希望他们能帮助她安静下来。

认清了死亡真相的人都会觉得害怕。生命像云一样，飘在空中，一阵风吹过，或烟消云散，或远走他乡。顾晏生说，我的病人曾描述过这样的感觉，仿佛站在悬崖边上，很快就要失去自己了。

可她还记得晏生。她看着他，像极了羞涩的少女。她听他的话，他让她吃饭她就吃饭，让她睡觉她就睡觉，让她少吃一些她就闭上嘴拒绝别人往她嘴里送食物。她牵着他的手，久久都不松开。

他们拆掉了她的绷带之后，她的脖子上便留下两条极深的、虫一样的疤。一条是他们割掉她的声带时留下的，一条是她割开自己的喉咙时留下的。她对着镜子看来看去，然后用手抚摸着两道粉红色、丑陋的疤。项链，好美。她写。我看着她，无论过去或是现在，她始终都是那个朴素的女子。她朴素，但不忠诚；清洁，但不纯洁。她虚荣，又憎恨虚荣；矛盾，又诋毁矛盾；赞美，又摒弃赞美。她的身体留在原地，心却远走高飞。她擦着朴素的眼泪，扬起倔强的脸，听不见任何人的辱骂，也看不见光明。她是一个十足的傻瓜，她整日酗酒、无处可去，她举着酒杯说为傻瓜干杯。

从医院出来之后，顾晏生就带走了她。他说她神志不清、情绪不稳，这样下去她迟早有一天会死在家里，这次不死也会有下次、下下次，直到她把自己弄死为止。我点点头，就害怕了，让他带她走。他在他所在的精神病医院的病房，为她准备了一个相对舒适又柔软的单人间。他对他的同事说，她是他母亲旧友的女儿，由于受到一些伤害，导致精神失常。于是他们便更加照顾她一些，小心地为她配药，尽可能将剂量减少到最低。他们甚至觉得她很正常，不需要接受任何治疗。她每日很早便起来，将床铺叠整齐，洗脸漱口，等待他们为她送来早餐。之后她将用过的碗碟收拾清理，然后很快便又睡去。醒着的时候，她看着窗外，偶尔微笑，脸上带着甜美。她从未哭泣、挣扎、失控过，他们也从未给她注射过镇定剂。有时候，她会跟他们聊天。在小本子上写写写，写完便将本子递给他们看，隽永整齐的小字，跳脱在纸上，好像一个作家，充满着无穷的想象力。

常有男同事向他打听她的情况，她是哪里人，现在住哪里，家里还有什么人，为什么不能说话了，有没有男朋友之类。他想最后一个问题才是最重要的，他的男同事，大都喜欢她。他们说她虽然苍白但美丽成一种状态，她写的字有神奇的魔力，故事一般吸引着他们。但她很聪明，从不浪费她的故事，她在每一个故事后面舞动着瘦弱的手臂，对着幻想开枪。她想象着那些枪声，那些玻璃碎片划过皮肤的声音，那些风吹过草原留下生命的呼吸声，以及狂热滚烫的眼泪汩汩作响的声音。

但应声倒下的，从来都只有她一个人而已。顾晏生说。

顾北说　不要介意脸上没有笑容　那并不代表脑子里没有笑

或者，也只有嘉庆才能够讲出这世上最动人心魄也最温婉祥和的故事来，因为经历过，所以真实可见。但她从来都不说。只等心思暗合，牵着顾北，悦已悦彼。或者，是又一个故事在延续。来历与去处，想象里无垠。十二月，不能知晓，下一出，会是谁人手眼。迷恋到想要拥有，愈加磨平了自身的棱角，如同布匹般愈来愈柔弱下去。情结变为纠结，在漫漫寡淡的时光之下，只有这些幽暗之花熠熠在眼。是这样一种开到荼靡的奢侈境地，不知道是好还是不好。

那天顾晏生去看她。她坐在床边冲他招手。他走过去，坐在她身边看着她。

心情这么好。他说。

好久不见了，顾晏生。她写，我是顾北。

若你是顾北，那嘉庆在哪里？他皱一皱眉。

不知道，她从不与我同时出现，自从小时候，我在她面前，杀死了一只猫开始，她便总有不在场的理由。不是这样，便是那样。你知道的，没有爱的时候，谎言就变得不可或缺。拥抱绝望，对她来说是最好的命运。沉默观看，是她要求我对待她的方式。

那你怎么进来这里的？为何不能说话了？你的脖子上，为何有与嘉庆一模一样的伤？

嘉庆在哪里我便在哪里，嘉庆不能说话我便不能，嘉庆若死了，我便死了。她写。

醒醒吧，嘉庆，这世界上根本没有顾北。顾北就是嘉庆，嘉庆就是顾北。那天我在你家，你说有人敲门，你起来去开门说顾北来了。明明就没有人敲门也没有人进来，你却在我面前，神魂不觉地变成了顾北。你用了一夜时间，与自己对话。而我在你身边，用了一夜时间，倾听嘉庆与顾北的对话。

晏生，我是顾北。她写，字迹开始变得潦草。就算我与她有千万相像，但终究，她是她，我是我。我知道这很难令人信服，但事实总是那么不让人满意。

好吧，就算你是顾北好了，那你的妹妹呢。

不必担心她，也不要介意她的脸上没有笑容。我的嘴角几乎没有笑容，但并不代表我的脑子里没有笑。她写。

他暂时离开了她的房间。他知道在她让自己成为顾北的时候，他说再多都是徒劳。那次他在她家里的时候，他便知道，顾北根本就不存在于这个世界上。她只是与嘉庆同生同死同呼吸的、嘉庆所讲述的众多故事的其中之一。难解的秘密，但不是谎言。

她的生命那般摇曳，她活着，好像瀑布一般，需要酝酿一个下跌的强度。嘉庆与顾北，一个在故事的左边，奋笔疾书，描绘出过去、现在以及将来的所有痛苦，并用自己的身体将书写的一切品尝，充当羞耻的受害者；一个冷眼旁观，理智得令人发抖。一个被过去吞噬，挣扎、坠落；一个摆出一生都拒绝的姿态，将任何可能性，抛诸脑后。因为分裂，疼痛变得能够承受。

旁观，受苦。要有多痛才需要将自己一分为二，相互分担，彼此取暖。因为痛，所以明白真实，因为旁观，所以可以用理性为自己找到解脱。嘉庆便一直活在无休止的伤害与自我疗伤的世界里。顾晏生想。

你是医生　不是畜生

嘉庆是知道的。幻觉和现实，记忆和语言，都藏在腹中。她站在医院擦得剔透的反光玻璃前，看着里面模糊的自己。她松开头绳，用梳子将头发梳理整齐，在脑后扎起一个高高的马尾。随后，她又将额前的刘海仔细打理，黝黑得发闪着光，跳跃又灵动。走廊里的灯发出“嗞嗞”的声音，她转过头看看，灯管闪了又闪，暗了又亮。她站在那里看了很久，直到灯完全黑下去，再也不亮了。她不知道为什么有些东西暗了、消失了，就再也不会亮起来，比如生命，比如希望。她慢慢地走回房间，坐在床上，房间里没有镜，但有灯。她打开灯，细细地看着，淡黄色的、柔和而美丽的光。

她在医院里待了一个冬天又一个春天。夏天到来的时候，她蓄起的头发，已经长过了肩，浓密的刘海整齐又好看地遮挡着前额，大大的眼睛里藏满了笑。晏生说她的饮食渐渐变得正常起来，吃得也比先前多很多。她脸色红润，还长胖了少许。原来精神失常，退回到孩童时期的样子，无忧无虑，是会教人胖的。

顾晏生说，我的男同事们，时常待在她身边，给她讲各种各样的故事。她有时候捂着嘴笑，虽然她不能发出任何声音，但还是捂着嘴。有时候却伏在讲故事的人肩膀上哭泣，同样没有声音。那个时候，他们便抱住她，吻她的额头，她的嘴。她从不反抗，由着他们吻。他们吻过她，便回来说与我听。

从未见过像她这样美的女精神病人。我吻她的时候，她的眼睛微微闭起，但尚未完全闭上。他的一个同事拍着他的肩膀说，你竟然认识这么漂亮的女子，但她是个疯子。你知道的，她的眼睛美丽得无法形容。眼神涣散，带着性感小兽的神情。她渴望性爱，渴望亲吻和抚摸，渴望男子的肌肤。她的生命，似乎天生就是为这些而存在的。

他二话不说，攥着拳头向他的同事重重地挥过去，然后掉头离去。他的同事被他打得满嘴是血，从地上爬起来之后，跟在他后面恼羞成怒冲着他吼叫，我喜欢她，我爱她。我想吻她，而她又没有反抗，关你什么事！！

但你不会娶她，你不会把一个你所谓的“疯子”娶回家。那就别碰她，离她远一点！你是医生，不是畜生！他暴跳如雷。他的同事都知道，从他来到这家医院起，他们从未听见他大声说过话，他工作认真，课业精湛，态度温和，表情诚恳，脾气亲切又柔软。他的妻，是他自幼时便熟识的女同学，他的身边时常围绕着各类女子，但他对她们始终都保持着必要又温和的距离。可自从她——那个叫薛嘉庆的病人住进这里之后，他时常变得阴晴不定。他根据她的精神和身体状况调节着自己的晴雨表，他大声警告他们离她远一点，并对试图对她有非分之想的同事大打出手。

他们开始窃窃私语，谈论顾晏生与他的女病人薛嘉庆之间的关系。与他要好的同事提醒他的时候，他都浅淡地笑，说她是他母亲朋友的女儿，他必须照顾她。但他们知道他说的不是真的。因为平日里除了一个与她长得一样好看、但看上去比她清纯得多的女子常来看她之外，她的身边再无别的人。更何况是他母亲的旧友——与他母亲年纪相仿的老者，她身边从未有过这样的人。如果有，他们为何不来医院看她？

好事者继续谈论着他与他的女病人，他不说不问不回答，只是花更多时间与她在一起，以避免他们对她无休止的骚扰。终于，被他挥了一拳的男同事，辗转托人找到他的妻子，将他在医院里与他的女病人“通奸”的事告诉了她。要知道，在相同的系统工作，想找到一个人并不是件难事。他的男同事得意洋洋地对其他的同事这样说。

一天下午，顾晏生牵着嘉庆的手，在医院的小花园里散步。他说起他们在西藏，她总是喜欢晒太阳，但又把全身裹得严严实实的。她看上去那么虚弱，却紧紧跟在向导后面，表情严肃，走得飞快。她话很少，长长久久拖着他的手，向四处走。还有那次，那次她在他面前脱掉衣服，虽然他知道那样做是不对的，但他还是忍不住偷看了她的身体。她清瘦、干燥，一切都那么美好。原始的美，不掺一点杂质。那个时候他便觉得自己爱上她了，只是他并不确定这一点。

他说着说着，忽然看到他的妻子陈菊就站在离他不远的地方看着他们。他牵着嘉庆的那只手用力紧了紧，带她一起走过去。

她盯着嘉庆看了很久，又上上下下打量了一番，而后开口说，这就是你所谓的你母亲旧友的女儿，其实是与你风花雪月的、你的女病人？

这并不是事实。他说。

那什么才是事实？

我在西藏遇到她，爱上她。我曾与她做爱，我发现自己是可以勃起的。后来她生了病，割掉了声带，现在精神也出了一些问题。我必须照顾她，她会好起来的。否则我会失去她，所有爱她的人都会失去她。他说。

她注视着他，不长时间，转身离去。

嘉庆拿出她的小本子写，晏生，晏生，她是谁？

我的妻子，叫陈菊。顾晏生说。

哦。她生气了么？

没有，她只是厌倦了。他说。他想她是真的厌倦了。对他们之间这么多年来有名无实的婚姻厌倦，对他自始至终礼貌又温和的态度厌倦，对她自己痴迷地追着他那么多年不肯放手厌倦。人，从来看不到眼前的事，而只能看到自己永远都得不到的那一部分。

节日的意思是　事情在你意想不到的情况下发生

嘉庆还是时常会说起顾北，虽然顾晏生不止一次地告诉她，顾北就是她自己，她仍旧将信将疑地给他讲她与顾北之间的故事。有些事情，你永远都不明白。当她将一只猫吊死在我面前的时候，我父亲便勒令我不许再接近那棵树，因为那里吊死了一只猫。如果不是顾北，难道是我做的么？我连一只很小的虫都害怕。还有一件你不知道的事情。那时我家附近有一只像鹰一样凶猛的鸽子。一天中午，顾北抓到它，用剪刀剖开了它的肚子，拉出细滑带血的肠，也挂在吊死过猫的树上。我看着那堆恶心的肠，吐得翻江倒海。你说顾北便是我，我也一度以为你说的是真的。但我不会做这样的事，我没那么勇敢。嘉庆写。我与顾北，我们时常无法分辨黎明的天空究竟是黄色还是蓝色的。于是我们便很早起床。我想每个早上其实都是一样的，无论晴天还是雨天，空气都一样凛烈。我说黎明的天空是撕裂的蓝色，顾北却觉得它收尾的时候带着热闹的黄色。我们无法说服任何一方相信另一方，便每日每日起早，然后坐在墙头上争执。若我便是顾北，我是说，我过去的很多个日日夜夜都在与自己过不去？

顾晏生不再与她争论。反正无论是嘉庆还是顾北，对他来说并没有像她所说的有那么大的区别。他想，应该回家看看了。自从陈菊在医院里找到他和嘉庆之后，他便没回过家。一星期了吧，甚至更长一点。他一直住在医院里，陪着她。

天微亮，空气凛冽。他从出租车的车窗向外看去，天微亮。他在黎明的时间，坐上出租车回家，他想这样他就有足够的时间认真分辨一下，黎明究竟是蓝色还是黄色的。回到医院的时候，他就能告诉她，她与顾北，谁对谁错——好像对错异常重要似的。他想，要如何才能让嘉庆理解，顾北就是她自己。她从不理解。无论她有多理智又有多节制，无论她是否听到上帝的呼唤、天使的话语，或者制造出一个冷眼旁观的替身，她都无法理解为何定要有人将她苦心经营出来的、分担她的痛苦的容器生生毁掉，并千方百计令她相信，所有的痛苦，她只能一个人承受。她也曾说起过关于理解，但到处都是笑声和绝望。她的同行、年轻的妓女们说，她们从来都不需要被理解，她们只要钱。

没有一种生活是独一无二的，就连痛苦也不是。他想，既然生活彼此呼应、相互关联，那为什么人与人之间无法互相理解。所有人都误会了。他们在生活里挣扎，因误会而伤心，因误会而绝望。他们说着你不要因此而感到难过，但其实早已经有人难过得痛不欲生。他们说我以为我不会再误会了，但这样说本身就是一场误会。

他回到家里。那一路他看清了。他想嘉庆与顾北，都是对的又都不对。天空由暗淡的蓝色渐渐变亮，太阳出来的时候，渡上一层黄澄澄的薄膜，最终变成剔透的蓝。这是一个过程，一种经历，由蓝变黄，最终再变成蓝色。没有人能割裂全部只看到其中的一部分，好像生命。他用钥匙打开门走进去。没有人，房间里生了一些小灰尘。他皱皱眉，感觉好像有些什么地方与平时不一样，但又分辨不出。直到他打开衣柜打算拿出浴衣洗个澡的时候才发现，衣柜空了一半，陈菊已经带着她的东西离开了，旁边的床头柜上还有一张纸条。他不看也知道是什么。他走进浴室，打开淋浴，热水顷刻间浇在他身上。爱与不爱之间，只隔一张薄薄的滤光纸，撕扯掉，光线之下，就是真相。他想自己是真的不爱她，不然为何在一起这么多年，她的离去甚至无法让他的心疼上一疼，反倒有一种抽丝剥茧般的畅快淋漓呢。

他全身赤裸躺在床上想，或许今天是个节日。节日的意思是，事情在你意想不到的情况下发生。与时间有关，与人有关，又与这一切都无关。虽然上演的不见得出出都是喜剧，但也悲愤不到哪里去，无非是一些来来去去、离离合合的玩火游戏罢了。街就是节日，雨也是，阳光也是。一切始料未及所发生的，好的坏的，都是节日。他记起当年他决定跟陈菊谈恋爱的那天，她站在他学校门口一个橘黄色的电话亭里等他。那天下着大雨，她出门的时候还没有下，走着走着就下起来了。她没带伞，全身淋得透透的。她站在电话亭里，飒飒地寒，她摩擦着双脚抖着身子往他宿舍里打了一个电话。他接起电话，听到一个发抖的女生说，我找顾晏生。我就是。他说。我是陈菊，在你学校门口。她说。

他仿佛是在那个时刻才明白了，什么叫做雨。他撑了一把伞，从宿舍走出去，走过教学楼、走过食堂、走过操场，最终他走到学校门口，他看见她站在马路对面的电话亭里笨拙地发抖。他走过去，抱住她，一下便完成了心与心交接的全部仪式。雨，是节日，是他与她此时的处境，是情感的催化剂，是她用来表达感情的道具，是她的眼泪和微笑。雨，是忘情的、灰色的、断断续续的，错。他牵着她的手走进他的宿舍的时候，天亮了，雨停了。多么充满戏剧性的，雨。是雨俘虏了他，而不是她，到现在他才明白。他迷迷糊糊地睡着了。

醒来的时候，窗外下起了雨。他想起他们这些年来的生活。除了年龄越来越大、忧伤的早晨越来越轻之外，并没有承载得更多。她想要得到他，她排除万难、战胜了他身边无数的女子，借助雨，她得到了。她是个会生活的女子，上一步与下一步，缓慢但平稳地延续，不急于求成也不停滞不前。最后，她把自己嫁给了他，算是完成了全部的征程。但他与她，没有身体的交合，只是彼此相伴的两条平行线。起初她说这不是他的错，她不在乎，重要的是她爱他，有他在身边，天天都是节日。后来他慢慢理解了节日的艰难和时间的苍老。当他问起她“你还记得那天下雨你来找我么”的时候，她便拖着很长的声音，慵懒地说，我记得。然后就该干什么干什么去了。他知道她想说，谁还管你会记得些什么，现实就是现实，很残酷。

他从床上爬起来，穿好衣服，拿上一把雨伞，出了门。是时候回去医院告诉嘉庆黎明的天空究竟是什么颜色的了。他走进她的病房的时候，她正安静地伏在床上，手里拿着一支笔，画好看的小画。看到他进来，她高兴地笑着，光着脚跳下床，冲过去抱住他。

你去哪里了？她写，下雨了。真美。

我去淋雨了。他说。

淋雨的感觉好么？不会生病么？我想回家住。她写，我想念凝安了。

淋雨的感觉，好像……洗了一个冷水澡。不会生病的。他说，你记起凝安是谁了么？

她点点头。

那就回家住，但只能住一天。他说。

她再次点点头。愉快地。

速度不难　缓慢才难　付出不难　承担才难

原则上说，医院是不允许住院的病人随便外出且夜不归宿的——到哪里都得有一个规矩。但顾晏生坚持带走他的女病人，更何况他与他的女病人之间，还有那么多令人窃窃私语的关系。他替她在住院管理处告了假：外出一天。批假的医生心不甘情不愿但又不得不在请假条上签字。随后脸色阴沉地对顾晏生说，请假期间，病人在院外出现任何问题，医院绝不承担后果，责任全部都在你。顾晏生微笑着对他的同事点点头表示他知道这些规矩，然后带走了嘉庆。

他带她回到家里后，便又返回医院去工作，让我与她独处。嘉庆见到我，递上一个熟悉的、甜美的笑，然后用力抱住我，在我的背上轻轻拍打。我忽然感觉到她非常强壮，她的手臂，细腻而有力，胸口规则地律动，心跳沉稳，小腹结实地收缩，双腿踏实地支撑着身体，没有东倒西歪，也不摇摇欲坠。在她松开我的一瞬间，我看着她，她的身体散发着健康的美，眼神坚定地透露出她意志的强壮，只是她的脸，她的脸像过去一样印满瘦弱。她写，凝安，凝安……我很想你。你还好么？

我点点头，竟流了泪，为她记起了我。快乐有时候简单得有点傻里傻气，为了些许记忆，便能绽放。

她牵着我的手，并排坐在沙发上，与我长久地交谈。这样的交谈在我们之间，已经很久很久没有过了。我知道生命。她写，躺在妇产科手术室的时候，我才知道生命是怎么一回事。我们每一个人的身体里都有一个蓄满血的血窟窿。血液以不同的姿态流淌，直至完全流尽为止。那姿势很遥远，让我们安心地以为，生命很长。而生命，其实只是一个破洞，有点黑，有点残缺。但黑暗并不都是为了埋葬，它带着一些运气的成分，它的一端是白昼，而另一端才是比黑暗更黑的万劫不复。幸运的话，生命会在黑暗里破土而出，若不幸，生命便在黑暗里终结。这样说来，你我都是幸运的。

既然你说是幸运的，那是否就意味着我们可以忘记这幸运中那些小小的插曲——小小的悲剧呢。我说，是不是这样。

要付出。要承担。要为了这份幸运承担世上所有的悲伤和痛楚。要弓起身体，摆出一种姿势， 种能承担很重很重负担的姿势。所以你看，我们要让自己变得非常强壮，要有强健的肌肉，结实的臂膀和双腿，更重要的是要有一颗强大的心脏。不需要忘记，因为它时时存在无法遗忘，你要如何才能忘记正在发生的事？置之不理便好。其实这不是什么太难做到的事，只需要一根飞速奔跑的神经就可以。它可以带你去任何你想去的地方，而不必一味停留在原地，在痛苦中徘徊。所以，速度不难，缓慢才难。付出不难，承担才难。缓慢地承担所有，更是难上加难。她写。

那你呢？置之不理的时候，还会痛么？我问。

我是疼痛专家。她大笑着咧开嘴，但没有声音。我知道各种疼痛。她写，肌肤的、肢体的、眼眉的、喉咙的、腹内的以及神经的。或许你不知道，我来告诉你什么是痛。痛之初始，往往是从脚底开始的，如花之生长。之后便是小腿，小腿的肌肉抽筋一样地痛，让你无法支撑起身体，无法站立，匍匐前进或趴在地上等待有人来救你。再之后是大腿和腰腹。那种痛好像一种隐喻，我也不知道该怎么形容才能更贴切些，很缓慢，很真切，像极了慢性死亡，温柔地进入。接下来就是上体和心脏，疼痛像是舞者在跳舞，在专注与力量之间存活。我以为舞者是这个世界上最专注的职业，他们深刻地抚摸疼痛，并把它演绎得淋漓尽致。痛之终结在感官与头脑。突然便可以抽搐起来。嘴唇、脸颊、眉间、口耳鼻眼，最后直抵神经。这整个过程，好比从一个白昼到另一个白昼，漫漫长长。忽然，顷刻间就黑下来。再从黑夜到黑夜，最终飞向光。之后，便忘记了，不会再痛。

我闭上眼，却无法了解嘉庆所说的一切。或许只有她，才能把疼痛描述得如此具象而坦诚。但我不懂。我摇摇头，无助地看着她。

她便又笑。不懂也没关系。她说，不知道这些比知道要好，至少证明你还活在幸福里。就像妇产科的医生，她们知道生命而我只知道死亡，所以她们比我要幸福得多。

不懂便是幸福么？我不这样认为。我说。

不懂得痛苦，便是幸福。她写，我很喜欢墓地，我以为那里是最美的地方。墓地有耶稣、圣母、天堂、天使、庙宇、佛祖、水果、啤酒和各式各样的花和好吃的东西。夏天的时候，那里一片阴凉，被遮挡在郁郁葱葱的绿色之下，冬日里却有宁静温和的阳光。你看，多么美好，那才是生命的归宿，我一直期待。她扬起头，脸上充满虔诚的渴望，像是在诱惑谁。

凝安，有一件事我要告诉你，如果你迟早要找一个人结婚，那就跟染谷结婚吧。我希望你嫁给他，他会是个好丈夫。她写。

但我不爱他，他也不爱我。我说，他是我的老板。

并不是非爱不可，可以爱，可以不爱。爱与不爱，不过是一步之间的距离，反正都是捕风捉影的事，何必那么斤斤计较。只要付出足够的专注，那就是美、是爱、是幸福。无论肉体或者精神，其实都没有那么坚不可摧，不过是虚张声势、骗人骗己的谎言罢了。精神，从来都只与自身靠近，而肉体正相反，只会接近他人。她走到镜子前，看自己的脸。

我不愿意与她继续关于方染谷的话题，便走进厨房，准备一些食物。我看看表，下午六时三十九分。时间似乎也已经不早了，交谈最容易让人遗忘时间的存在。

我与嘉庆，坐在同一张饭桌前安静地吃饭，那似乎是很久以前的事情了。你做的饭，越来越好吃。她写，如果方染谷跟你结婚，会很幸福。

我皱皱眉，不睬她，低头把碗里的饭扒进嘴里。

饭后，她像往常一样，将饭碗推开，走进卧室，一头栽倒在床上。这次，我没有收拾碗筷，与她一起躺在床上。她脱下鞋子又脱下袜子，双手撑着下巴趴在床上。我看着她。美丽寂寞的棕色眼睛被沉沉的刘海遮住，在漆黑的夜里散发出妖媚的光。我与嘉庆。我们躺在孤独的床上，手牵着手，像两个纯洁的孩子，轻柔地谈论散落在这座寒冷世界的喧哗。房间里充满我低矮的声音和沙沙的书写声。

她忽然间支起身体，吻向我。那吻落得急，在我还没意识到发生了什么的时候，一股温热便顺着我的嘴，流进心里。我昏昏热热，意识渐渐远离了肉体。她褪去自己的衣服，又脱下我的，我看见她赤裸的身体并不像她说的那般强壮，而是纠结着发出苍白无力的光。她抱着我，光滑的皮肤掠过。欲望插上翅膀远走高飞，深刻地发不出任何声响。她的唇非常软，开开合合带着幻想，让人意乱情迷。我想或许她是对的：做妓女，并不是一个表面化的职业，而是血管里根深蒂固流淌着的血液。她抬起一只手放在我的乳房上，一只腿压在我的腿上。两个同样单纯的身体彼此融合在一起，韵律般地颤抖着，坚忍不拔的性感在我与嘉庆之间流淌着，声声不息。她的喉咙里似乎发出了小兽一样撕裂、刺耳的低吼，这样的声音，自她失去声带之后我第一次听到，像是在呻吟又超乎呻吟之外。那些她曾经树立起来的、坚不可摧的防线，她曾掀起的、带着尖锐刺刀的浪花，她曾演绎的、明目张胆的分裂，她曾种下的、歹毒而残暴的符咒，她曾张贴的、欲盖弥彰的启示，她曾收敛的、腐烂破裂的伤口，终究都融化在了我与她炽热的亲吻与渴望中……

好像有音乐，有舞蹈。远离语言。我们不需要语言。她睡在我面前，眼睫毛细微跳动着。我看着她睡在卧室柔和的灯光下，影子拖得很长，拉拉扯扯地一直拖进房间的某个角落里，与光一起消失。

生之欢　死之惧　挨过这些你会苏醒

人的一生，要有几次伴血而醒，才能完成生命的仪式。

第二日我醒来，周身冰凉。身体像被薄薄的保鲜膜束起，无法自由伸展却发了一身汗。双脚交织在一起，脚趾滑滑腻腻。看看窗外，厚重的云朵起伏跌宕，被太阳笼罩上一层闪亮的金边，亲切而诡异。偶尔透出些蓝色来，带着决裂的美丽，让人恐慌。也许真该这样掉下去，感受失重的堕落。

嘉庆还没有醒，躺在那里一动不动，我翻了个身，想要在晨间看着她熟睡的面孔。只一眼，便毁了我的一生。她平躺在床上，安静地睡着，脸上带着童稚的专注和微笑，脖颈、腋下、两只手的手腕、大腿内侧的皮肉向外翻开，血管断裂，凝结了的血浆在极深的伤口周围砌起厚重的墙。我抬起颤抖的手抚摸她，才发现自己满身、满手都是血，血已经干涸，薄膜一样包裹着身体。我尖叫着从床上滚到地上，扶着墙支撑起身体。地板上，点点红莲绽放，一路是血，一路脚印。我想我看清楚了那张床。厚厚的床垫渗满了血，因循着床垫原有的纹路，开出盛大繁复的红色芍药。我一瞬间想到很多的词汇倾覆于它，不觉为过。辗转流离，且遇且合，都是低眉灿艳着的，极少有素淡。而那艳色，承载于深暗背景之上，又携了一种冲撞和隐忍气息的矛盾美感，尤如几百年的地火下匍匐着燃烧的煤一样。盛放之后，亦可供岁月从容厮守。那花丛之上，躺着一个人，便是嘉庆。我看见她的肤色，但我无法形容她的肤色。苍白，赤色，暗红，紫黑……这世界上没有任何人种会拥有如此五彩斑斓的肤色，除了——流血而亡的死人。原来人的身体里有那么多的血。血很热，血又冷了。都湿了，屋里下起雨，又染着血，一派姹紫嫣红，好不热闹。

不需要再求救了。我没有去摸她的心跳、脉搏，亦没有试探她的呼吸，我确定她已经死了，不试便知。她那样坚决，割断了身上所有的大动脉，流了一整夜的血，怎么还能活。死人身上散发的浓烈的腥膻气味填满鼻腔，我用尽全身力气趴在地上大口呕吐，却什么都没吐出来，只流了一脸的泪。嘉庆死了，如她所愿地死了，死在我身边，死在与我亲吻之后的早晨。原来静静的蓝色早晨，是隐藏了杀机的。我感到前所未有的孤独、苍老和疲惫。我走到床前，与她并排躺在床上，握住她的手，闭上眼睛。

我睡着了，又像是醒着。嘉庆笑着唤我的名，凝安……凝安……声音美妙，像在歌唱。她递给我一支香水，甜甜的花香——她周身都散发着的那种香气。我接过来，放在鼻尖闻一闻，将香水洒向天空。她牵着我的手，在香雨下，转一个圈，再转一圈。真正的舞蹈。死亡是狂欢节，我们舞到地老天荒。她找到了她想要的快乐，真正的快乐。

我睡着了，又像是醒着。门被敲响，我不情愿地从床上爬起来去开门。这个时候不知道有谁会来，惊扰了我与嘉庆的梦境。我打开门，顾晏生站在外面。他看见我，先是愣了一下，随后一步冲进来，抱起我便走进浴室。他在我身上围上一条浴巾的时候我才意识到，我是一丝不挂站在他面前的，一身的血。我裹着浴巾，跟在他后面进了卧室。我看见他站在那里，坚实的后背在颤抖，我看见他的惶惑与恐惧，我看见他扑过去，自上而下吻她，吻脸吻身，我看见他抱起她，将她的耳朵贴在他的唇边，我看见他温柔而又激烈。

她死了。最后，他轻轻将她放在床上，用被子遮住她的身体，然后抬起头对我说。我点点头，我当然知道她死了。他拿起电话，拨通110。我想此刻他比我要清醒得多，因为孤独，所以更加清醒。他是个孤独的人，孤独的人比较容易互相了解。所以他爱她。

警笛响起，警车到来，警笛是我们的钟。他们带走了她的尸体，也带走了我与晏生。他们铁着脸让我们复述嘉庆的死亡经过和我们所知道的一切。顾晏生坐在那里呆呆地望着一处，一言不发。我知道，因为沉重疼痛到无法言说，所以沉默。

我不知道究竟过了多久，或许很久，又或者更久一些。他们盘问、取证、调查、验尸，最终得出了结论：薛嘉庆，女，29岁，浙江人，在京务工，妓女，自杀。一个警察走到我面前，递给我一封他们从家里找到的、嘉庆留给我的信说，死者留给你的——遗书。这世上竟有人，如此残暴地对待自己的身体。然后摇着头，打发我们离开。

凝安：

我唯一牵挂的，就是你。你是否会考虑之前我曾经向你提起的、与方染谷结婚的事情呢。

不要忘了呼吸。

与方染谷在一起的最后一段日子，我开始学瑜伽。初学时，我最不情愿学的便是呼吸。以为这是无需学习便自然而然的事。老师说，有一种呼吸，称之为“完全自然呼吸法”，是一种很好的呼吸方式，瑜伽所言：改变你的呼吸，就改变了你的身体；改变你的呼吸，就改变了你的心灵；改变你的呼吸，就改变了你的命运。可我无论如何都做不到自然。

佛说：命在呼吸间。《四十二章经》里曾有这样的记载。佛问诸沙门：人命在几间？对曰：在数日间。佛言：子未能为道。又问一沙门：人命在几间？对曰：在饭食间。佛言：子未能为道。复问一沙门：人命在几间？对曰：呼吸之间。佛言：善哉，子可谓为道者矣。故谓人命只在呼吸之间者，是极言人生之短暂、生命之可贵，是向碌碌世人发出一声警策，是把对生死距离的认识与人生态度组接在一起，给扰攘尘世一声棒喝。

凝安，不要忘记呼吸。请原谅，我只是想离去了，但我却无法将这些告诉你。你知道，有时候行动并不困难，解释你所做出的决定才困难。我是多么希望自己能够做一个忠诚的人——虽然这是我无法做到的事情。但是至少面对你，我可以。因为忠诚，解释就变得分外困难。所以我想，等你看到这封信的时候，我已经是一个死人了，死人是不需要解释的。不要难过，因为我正幸福着。你可以挽救我的性命，像上次一样，但无法挽救我的一生。我所拥有的一切，都是你的。可我真正拥有的，只有你。你是我在这世上唯一的遗产。

我想我未曾向你坦白过，这世界之于我，究竟有多痛。天空那么小，我曾想方设法、用尽词汇去形容它，但现在，或许没有比死亡更贴切的形容词了。在我生病的时候，你甚至难以想象病痛带给我的解脱，我的心，就那样突如其来地安静了。现世的堕落，与我在心里构筑起的繁华与美丽，竟然保持着那样令人吃惊的和谐。生活仍在继续，有人收垃圾，有人卖食物，有水有电有暖气。一切都很真实，看上去也很容易对付，可怎么就不属于我呢？我是那样喜欢美妙的天空，但我又很害怕。天色美丽。天色越是美丽便显得我越发丑陋。

只要我睡去，便睡得很沉。我没有梦。梦和幻想于我而言，都过于奢侈。我常常害怕醒来，因为有更糟糕的事情在等着我，但我醒来之后又很高兴，因为我还活着，还没被痛苦打死。

凝安，你有理想么？我没有。我没有理想，没有尊严，每日流屎流尿，想的不过是如何活下去之类的事。我胆怯，没有理想。我的身体又臭又腥，我常盼望如果有一天睡着了，最好不要醒过来。现在你看，我做到了。我会永远睡去，还可以做梦。

生之欢，死之惧。挨过这些你会苏醒。

你的嘉庆

这便是遗书么？哪里有遗言。或许嘉庆是幸运的，要说的她早就已经说完了。在她失去声带之前和失去声带之后，她说完了她要说的全部。死了之后，再没什么好说的了。只是我无法理解，天空那么大，为什么她会觉得小。我站在嘉庆的尸体前倾听。我听到了她渐行渐远的脚步，听到了她无声的微笑，听到了她敲击物体的嗒嗒声，听到了她凝安凝安地叫我。

事实上，那出戏，只是程蝶衣的戏，与段小楼无关。舞台完美，行头完美，道具完美，唱腔完美，身段完美。程蝶衣演了一回又一回。段小楼，只是那些完美中的一个部分，随时可以离去，无伤大雅。

空气中，一些游离着的灵魂自角落里升起，乌漆麻黑的，在晕暗不洁的房间里，悄悄靠近了她。前所未有的孤独与疏离感。直到现在我才知道，任何遗言都是骗人的。如果命运是无法战胜的，比天空还大，比意志还大，比心还大，最起码要懂得，默默承受。

我是她死后唯一的遗产

嘉庆的葬礼办得简简单单。母亲坐火车从家里远道而来，什么都不说，只是流泪。方染谷和顾晏生并排站在一起，面无表情。还有几个嘉庆做妓女时熟识的姐妹，她们哭哭啼啼，泪水冲了妆容，露出一脸的疙瘩、雀斑和皱纹，花猫一样。我从此便再没见过顾晏生。听说他辞掉了医院的工作。有人说他去了西藏，但这样的说法子虚乌有，无从查证。因为再没有人见到过他。

几个月之后，我与方染谷结了婚。一个晚上，他来到家里对我说，凝安，我要娶你，你可以跟我结婚么？因为这是嘉庆的遗愿。这一生，我都爱她。而你，是她唯一牵挂的人。于是便结婚。没有婚纱，没有婚礼，只有一册暗红色的结婚证，像嘉庆身上凝固了的血，了结了我的人生。

一天晚上，我躺在床上。方染谷在浴室洗澡。屋顶的灯没来由地、“滋”地一声烧毁了。房间里一片漆黑，我伸出手抚摸空气，寂静一滴一滴地跌落在手心里。我想我是被薛嘉庆的孤独摧毁了一生的人。

黑暗中，我呕吐。

路佳瑄 于北京